KB261738

노빈손의 가을 여행

노빈손의 가을 여행

초판 1쇄 펴냄 2001년 9월 17일
    31쇄 펴냄 2018년 10월 20일

지은이 함윤미 문혜진
일러스트 이우일
펴낸이 고영은 박미숙

펴낸곳 뜨인돌출판(주) | 출판등록 1994.10.11.(제406-251002011000185호)
주소 10881 경기도 파주시 회동길 337-9
홈페이지 www.ddstone.com | 블로그 blog.naver.com/ddstone1994
페이스북 www.facebook.com/ddstone1994 | 노빈손 홈페이지 www.nobinson.com
대표전화 02-337-5252 | 팩스 031-947-5868

ⓒ 2001 함윤미, 문혜진
'노빈손'은 뜨인돌출판(주)의 등록상표입니다.

ISBN 978-89-5807-201-0 03810
CIP2010002841

어린이제품안전특별법에 의한 제품표시
제조자명 뜨인돌 **제조국명** 대한민국 **사용연령** 만 8세 이상

노빈손의 가을 여행

함윤미 · 문혜진 지음   이우일 일러스트

뜨인돌

가을 남자, 노빈손 돌아오다

샛강 둑길에 줄지어 늘어선 코스모스 행렬.

황금 물결 출렁이는 대지의 풍성함.

저녁 하늘을 수놓는 고추잠자리 떼의 춤.

가을은 그렇게 한 폭의 풍경화로 온다.

단풍잎 사이로, 은행잎 사이로, 허수아비 밀짚 모자 사이로,

결실의 노를 저어 바람으로 온다.

독서의 계절, 천고마비의 계절, 추수의 계절, 감사의 계절……

조금 식상한 것 같아도 가을에 빼놓을 수 없는 것들이다.

이것들을 짊어지고 노빈손이 떠난다, 가을 속으로.

아아~ 가을은 남자의 계절이라고 했던가?

남자들이여, 가을을 만끽하라!

여자인들 어떠리~.

트렌치 코트 깃을 세우고 떠나는 노빈손의 뒷모습이 보이는가?

짧은 다리에 긴 코트 자락 질질 끌고 떠나는 그의 뒷모습.

뭔가 좀 어정쩡하긴 해도 그를 믿고 따라가 보자.

가을 속으로 걸어 들어간 노빈손을 따라 우리도 함께 걸어 보자.

이번 노빈손의 가을 여행에는 뭔가 특별한 것이 있다.

발단이야 어찌되었든지 간에 원대한 목적을 지니고 떠나는 노빈손. 그 목적은 다름 아닌 시!

그렇다. 노빈손의 이번 가을 여행의 목적은 시에 있다.

시를 쓰기 위해 정처 없이 떠나는 노빈손.

그 속에서 많은 것을 보고, 듣고, 경험하며 가을을 난다.

그러는 동안 가을이 무르익고, 노빈손의 시도 무르익는다.

약간 어설프긴 해도 시인이 되어 당당하게 돌아오는 노빈손을 지켜보시라. 그의 시를 기대하시라.

누가 감히 그 앞에서 시를 논할 것이며, 가을을 논할 것인가.

이 가을 사천만의 눈과 귀가 노빈손에게 집중된다.

실수 대장, 황당 도사, 능청꾸러기, 장난꾸러기, 호기심 덩어리, 빈털터리… 이루 헤아릴 수 없는 별명의 소유자, 노빈손.

엽기 시인에 도전한 노빈손의 요절복통 이야기 속으로 함께 뛰어들어 볼까나? 그 속에서 마음껏 웃고 떠들고 때론 진지하게 생각하며 가을을 만끽해 보자.

한 가지 더! 노빈손과 함께하는 가을 여행 속에는 알토란 같은 과학 상식도 많다는 사실.

함윤미, 문혜진

차 례

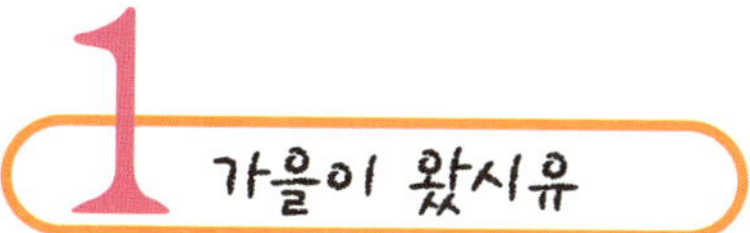

1 가을이 왔시유

낙엽을 태우며
천사는 시를 좋아해
창작의 고통
바바리코트와 함께 사라지다

날씨를 말씀드리겠습니다
솔직 토크
너희가 절기를 아느냐
오늘의 요리

2 추수의 계절

아, 진정 난 몰랐네
이장님을 만나다
잠 못 드는 밤, 귀뚜라미 소동
이장님의 오해
메뚜기 사냥
코스모스 한들한들 피어 있는 길
국화 옆에서
가을은 남자의 계절
수확의 기쁨
뒤통수 밤탱이 된 사연
벼 베기
가을 운동회

출동! 수다맨
현장 추적
곤충 백과사전
그것이 알고 싶다
헷갈리지 마, 다쳐!

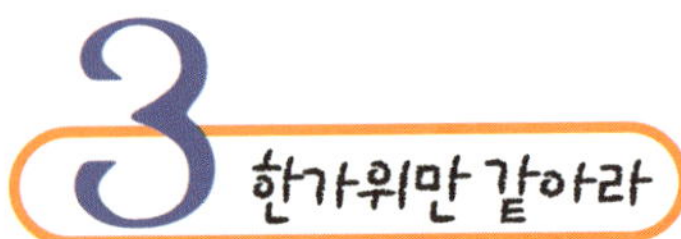
3 한가위만 같아라

그리운 삼촌
뱀, 제발 따라오지 마
그래도 낫질은 어려워
세상에서 제일 멋진 송편

세계의 추석
추석은 북적북적! 추억은 뽀글뽀글!
미술관 옆 식물원
탐방기사

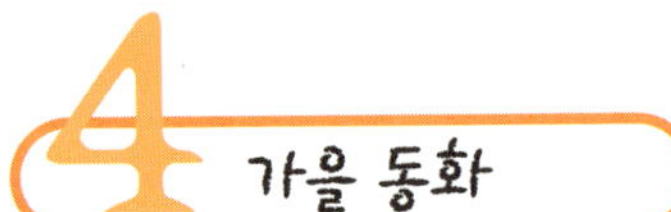
4 가을 동화

여름날의 추억
추억이 뽀글뽀글
달 달 무슨 달! 쟁반같이 둥근 달!

가을 별자리
별자리의 전설
X-파일

부록 실험실

1. 무 나물 키우기

2. 이구아나 기르기

3. 방울벌레 기르기

4. 요술풍선 강아지 만들기

5. 동전 마술

낙엽을 태우며

"가을은 가을인가 보다. 밤새 비가 오더니 어째 으슬으슬한
데……."

밤새 기온이 뚝 떨어진 탓에 노빈손은 감기에 걸린 듯 했다.

그는 콧물을 훌쩍거리며 애벌레처럼 몸에 이불을 돌돌 만 뒤 발
가락을 뻗어 텔레비전을 켰다.

"이취!"

창문을 열자 마당에 서 있는 은행나무에서 은행잎이 바람에 후
두둑 떨어졌다. 은행잎도 어느새 샛노랗게 물들어 있었다.

"에잇 짜증 나. 여름엔 벌레가 많아 싫고, 가을엔 쓰레기가 많아
싫어!"

노빈손은 일어나 옷을 주섬주섬 걸쳐 입고 마당에 나갔다. 은행

여름과 겨울 사이의 계절로, 천문학적으로는 9월 23일경의 추분부터 12월 21일경의 동지까지를 말하나, 24절기로는 입추(8월 7일경)부터 입동(11월 7일경) 전까지를, 기상학에서는 이보다 조금 늦추어서 보통 9~11월을 가을이라고 한다.

잎이 잔뜩 떨어져 마당이 지저분해 보였던 것이다.

"에이 추워. 저게 서린가 이슬인가? 난 추운 건 질색인데."

노빈손은 궁시렁거리며 은행잎을 한곳에 쓸어 모았다. 그리곤 성냥을 찾아 불을 놓으려다 여름에 겪은 해우소에서의 폭파사건이 생각 나 고개를 절레절레 흔들었다.

"어, 무서! 이번엔 조심해야지!"

뒤적여 보니 그 안에는 은행알도 제법 떨어져 있었다. 은행알을 까려고 집어들자 고약한 냄새가 났다.

"으, 무슨 냄새가 이리 고약해?"

그래도 샛노랗게 까놓은 은행알을 보니 구미가 확 당겼다.

"헤헤, 일석이조다. 낙엽도 태우고 은행도 구워먹고! 꿩 먹고 알 먹고! 도랑 치고 가재 잡고! 이히!!"

노빈손은 조심조심 은행잎더미에 불을 놓았다. 몇 번의 시도에도 불은 잘 붙지 않았다.

"시몬, 너는 들리느냐? 낙엽 타는 소리가."

한껏 분위기를 잡으며 시를 읊는 노빈손.

신문지를 불쏘시개 삼아 어렵사리 불은 붙였지만 연기만 피어오르고 불씨가 활활 타오르지 않았다.

"에잇 답답해. 이러다간 은행을 굽기는커녕 그을음만 나겠네!"

노빈손은 투덜거리며 이파리들을 자꾸 헤집었다.

"불이야 불! 빈손아, 피해!"

시장에 갔다 오던 엄마가 깜짝 놀라 소리를 지르며 달려왔다.

"엄마, 고정하세요. 불난 게 아니라 불을 놓은 거예요."

"엥?"

"제가 마당 쓸고 낙엽까지 말끔히 태우려고 그러는 거 안 보이세요? 이 센스! 이 부지런함! 이 안에 은행도 많아요. 은행 구워먹으려구요. 다 구워지면 엄마도 좀 드릴게요."

"진작 얘기하지. 난 또 불난 줄 알고 깜짝 놀랐네. 부지런하네, 우리 아들. 어쩐 일이다니?"

"가을이잖아요. 엄마, 낙엽 타는 냄새 기막히지 않아요?"

"음, 그래. 가을은 가을인가 보다. 낙엽도 이렇게 쌓여만 가고…… 나도 여고 시절엔 책갈피에 낙엽 끼워 놓고 시를 외곤 했는데……."

"그러지 말고 우리 감자도 같이 구워 볼까요?"

13

가을은 '천고마비의 계절'이라고 한다. 하늘은 높고 말은 살찌는 청량한 계절. 하지만 이 말의 원래 뜻은 지금과는 전혀 달랐다. 당나라의 시인 두심언(두보의 할아버지)이 그의 친구에게 보낸 편지에서 비롯된 말로 가을이 되었고 변방의 말들이 살이 올랐으므로 변방의 적들이 살찐 말들을 이끌고 곧 쳐들어올 테니 경계하라는 뜻으로 '천고마비'라는 말을 쓴 것이다.

"그래, 천고마비의 계절! 먹고 보자!"

엄마는 부엌에서 알감자를 꺼내 와서 불씨 밑에 묻었다.

"엄마 한 입 나 한 입! 벌써 군침 도는데요!"

"호호호… 그러게 내아들이라지!"

도란도란 퍼지는 다정한 모자의 웃음소리가 가을 하늘에 연기처럼 솔솔 피어올랐다.

천사는 시를 좋아해

"가을은 독서의 계절이라 했겠다."

노빈손의 발길은 어느새 만화방으로 향하고 있었다.

만화방엔 손님이 한 명도 없었고 똥파리만 몇 마리가 성가시게 윙윙거렸다. 노빈손은 만화책을 고르려고 주변을 두리번거렸다.

순간 노빈손의 심장이 마구 방망이질 치기 시작했다. 어두컴컴한 만화방이 금박을 칠해 놓은 것처럼 번쩍이고 발길조차 떼놓을 수 없었다. 눈이 부시다 못해 숨이 멎을 지경이었다.

'오 마이 갓! 천사임이 분명해.'

노빈손은 자신의 눈을 의심할 수밖에 없었다. 카운터에 앉아 있는 사람은 심한 곱슬머리에다 멧돼지처럼 험상궂은 얼굴로 항상 무언가를 먹고 있는 배불뚝이 형이 아니었다.

거스름돈 오백 원을 내미는 하얗고 고운 손과 검고 깊은 눈망울!

세상이 온통 하얗게 멈춰지는 것 같은 착각이 들 정도였다. 동네 만화방을 몇 년째 드나들었지만 이런 미인은 처음이었다. 아니 말 그대로 천사였다.

'말숙이에겐 미안한 말이지만 천사를 보고 감탄하지 않는 것도 예의가 아니지.'

천사가 잘 보이는 자리에 앉았다.

'집에 있으면 엄마 때문에 스트레슨데 자주 와야겠어. 천사야, 기다려라! 내가 매일 와서 환한 네 얼굴을 스탠드 삼아 독서를 해 줄 테니.'

노빈손은 만화책 한번, 그녀의 얼굴 한번 번갈아 보면서 몇 시간째 자리를 뜨지 못하고 있었다.

그녀는 고개를 숙이고 다소곳한 자태로 열심히 책을 뒤적이고 있었다.

'새로 온 아르바이트생인가?'

노빈손은 손가락으로 발가락을 파며 무의식적으로 손가락을 코로 가져가기를 반복했다.

'근데 어떻게 말을 걸지?'

그사이에 컵라면 하나와 소시지를 여섯 개나 까먹으며 그녀에게 신경 쓰느라 뭘 읽고 있는지도 몰랐다.

'아, 볼수록 진짜 이쁘다. 벌써 소시지 여섯 개째. 진짜 둔하다, 저 여자! 그렇게 쳐다봐도 눈길 한번 주지 않네.'

그녀도 몇 시간째 꼼짝 않고 있는 노빈손을 보며 생각했다.

만화와 회화의 역사적 기원은 같다. 현대 회화의 출발점을 19세기 후반으로 본다면 현대 만화의 출발점도 이와 거의 같은 때로 보아도 무방하다. 한국의 경우, 1930년대에 동양화의 대가로 일컬어지는 청전(靑田) 이상범이 잡지에 단편만화를 그렸고, 노수현은 1924년대에 「조선일보」에 〈멍텅구리〉를 연재함으로써 신문만화의 새 기원을 이룩하기도 했다.

코딱지는 콧속의 부드러운 막에서 분비되는 끈적한 액체와 콧속에 들어온 먼지가 섞이면서 마른 것으로, 이상온도나 콧속이 건조할 때에 생기기 쉽다.

'아이 더러워. 발가락 만진 손으로 음식을 계속 먹네. 손 좀 닦고 먹지. 아님 발을 닦든가…….'

한참 먹고 책을 뒤적이면서도 마음의 안정을 찾을 수가 없었다. 게다가 불안해지기 시작했다. 가진 돈은 고작 몇천 원에 동전 몇 개가 전부였다.

'다시 못 보면 어쩌지?'

그녀를 다시 볼 수 없을까 봐 불안했다.

주머니 사정이 다한 터라 더 이상 버틸 수가 없음을 깨달은 노빈손은 카운터로 저벅저벅 걸어갔다. 걸어가는 동안 가슴이 콩닥콩닥 뛰었다. 말숙이 이래로 처음 느끼는 감정이었다. 그녀는 노빈손이 다가가는 줄도 모르고 줄곧 책장을 넘기고 있었다.

'어? 시집이잖아. 역시! 천사와 시라… 딱이구만.'

노빈손은 어떻게 말을 걸어야 할지 몰라 쭈뼛거렸다.

"저, 저……."

"왜 그러세요?"

그녀는 눈을 동그랗게 뜨며 물었다.

"어, 얼마죠?"

평소의 노빈손답지 않게 무척이나 긴장이 되었는지 말을 더듬고 있었다.

"칠천팔백 원이요."

그녀는 상냥하게 대답했다.

"그렇게 많이 읽었어요?"

"아뇨, 많이 드셨네요."

"하하하."

노빈손은 무안함을 감추기 위해 크게 웃었다.

"근데, 어 어쩌죠?"

앞뒤 주머니를 다 뒤져 봐도 그만한 돈은 없었다.

"저 오천오백 원밖에 없는데, 저 단골이거든요. 여기 주인 아저씨 안 계세요? 노빈손이라고 제 이름 대면 잘 아는데. 외상도 주시거든요."

"아, 오빠는 지금 지방에 급한 일이 있어서 내려갔어요. 오시면 그렇게 전할게요. 노?"

"노빈손입니다."

"네, 노빈손 씨."

'형은 멧돼지에 기름 범벅인데 동생은 와~.'

"저 저는 〈쌍코피, 아물다〉 시리즈 보고 있는데 디게 재밌어요. 그쪽은 시집을 읽으시나 봐요?"

순간 그녀는 당황해하며 책을 덮었다.

"아, 예에. 제, 제가 시를 좋아하거든요."

"오호라."

그녀는 얼른 표지를 보고 딴청을 피웠다.

"김현승의 '가을의 기도'라는 신데 참 좋아요. 가을에 읽으니까 더 좋네. 아!"

"아, '가을의 기도'요. 그쵸, 지금이 가을이죠."

좋아하는 사람을 보면 왜 가슴이 뛸까?

심장으로 가는 신경에는 부교감신경과 교감신경이 있는데, 정신적으로 흥분하게 되면 교감신경이 중추에 활력을 주어 심장 박동수를 증가시켜 가슴이 더 심하게 뛰게 된다.

17

백일장은 조선시대에 유생(학생)들이 열심히 공부를 하도록 북돋우기 위해 만들어진 것으로, 지방마다 유생들이 모여 시문(글)을 지어 겨루는 행사였다. 주로 지방 관청의 수령이 유생들에게 시제(주제)를 주면 즉석에서 유생들이 시문을 지었고 장원을 뽑아 연회를 베풀고 상을 주었다. 물론 과거시험처럼 벼슬길에 오르는 건 아니었다.

"시 좋아하세요?"

그녀가 밝게 웃으며 물었다.

"아 네, 시요? 시 좋아하죠. 제가 중학교, 고등학교 내리 문예반장에다 백일장 나가서 탄 상이 열 상자는 될 거예요. 제가 시 좀 쓰죠. 헤헤."

노빈손은 생각지도 않았던 말이 튀어나오고 말았다.

"어머 그러세요? 전 시는 잘 모르지만 시집은 좋아해요."

"아, 오랜만에 문학을 아는 분을 만나 반갑네요. 요즘 원체 시를 아는 사람이 없어서 대화 상대가 없었는데. 동지를 만난 기분이에요. 참 그쪽은 성함이?"

노빈손은 능청스럽게 거짓말을 했다.

"아, 전 고상해예요. 고상할 고! 상큼할 상! 해맑을 해!"

"사람이 이름따라 간다더니 과연! 실례가 안 된다면 언제 그쪽이 쓴 시를 보고 싶은데……?"

"아, 저, 전 시 못 쓰구요. 그, 그냥 좋아서 보는 아마추어 수준이에요. 노빈손 씨 시가 보고 싶네요."

노빈손은 순간 등줄기에 식은땀이 쫙 흘렀다. 하지만 이미 엎지러진 물. 얼렁뚱땅 둘러대고 말했다.

"아, 내가 쓴 시는 집에 많아요. 라면 한 박스 정도 되겠다. 시!"

"그럼 다음에 오실 때 꼭 보여 주세요."

"네에 그러죠 뭐. 시! 그, 그럼. 참! 언제까지 계시죠? 내일 바로 떠나시는 건 아니죠?"

“네, 오빠가 오면 내려갈 거예요. 한 달 정도 후에?”

“네, 부디 오래오래 머물다 가셔야 해요. 꼭!”

“아, 네.”

노빈손은 그녀와의 짧은 대화에서 새로운 사랑의 희망을 느꼈다.

“그래. 내가 정복해야 할 건 시야. 시만 정복하면 그녀와 친해질 수 있어.”

노빈손은 그 길로 동네 서점에 달려가 아버지 이름을 대고 닥치는 대로 시집 몇 권을 외상으로 사서 집으로 갔다.

노빈손이 가고 나자 고상해는 놀란 가슴을 추스르며 길게 한숨을 쉬었다. 그러곤 다시 시집을 뒤적이기 시작했다.

“시는 무슨 시! 그나저나 오빠는 대체 비상금을 어디다 숨겨 놓은 거야? 하마터면 들킬 뻔했네.”

19

가을의 뜻하는 한문 추(秋) 자는 벼(禾)가 여름 동안 뜨거운(火) 햇볕을 받아 여물어서, 수확하는 계절이 가을이라는 뜻이다.

창작의 고통

"엄마, 저한테 말 걸지 마세요. 저 공부해요."

방문도 걸어 잠그고 식음도 전폐한 채 노빈손은 오직 창작에만 열을 올렸다.

그녀의 얼굴을 떠올리면 시상이 저절로 떠오르는 것 같았다.

"나, 한다면 하는 놈이라구."

며칠째 계속된 과도한 습작으로 노빈손은 눈 밑이 쾡해지고 급기야 쌍코피가 흘러내렸다.

"어, 피잖아."

얼굴도 몰라볼 정도로 푸석해지고 기력도 쇠해졌다. 안 먹던 커피를 약처럼 한 사발 벌컥벌컥 들이키고는 쓰고 또 써내려갔다.

너무 무리한 나머지 노빈손의 양 코에서는 또 붉은 액체가 소나기처럼 후두둑 떨어졌다.

"두 번째 코피!"

노빈손은 약간의 희열까지 느꼈다. 시험공부할 때도 쏟아 본 적이 없는 코피였다. 그런 피가, 이렇게 아름다운 선혈이 하얀 종이 위에 토독 떨어지는 기분이란 이루 말로 할 수 없었다.

휴지를 길게 말아 양 콧구멍을 막았다. 그리고 흥분한 가슴을 가다듬고 다시 책상에 앉았다.

돌아보니 쓰레기통은 벌써 넘쳐나서 구겨진 종이들이 방바닥에 마구 나뒹굴고 있었다. 게다가 코피 묻은 화장지까지. 방 안은 온

통 쓰레기천지였다.

　며칠 동안의 강행군으로 눈꺼풀이 자꾸 내려와 눈이 감겼다. 노빈손은 도저히 졸음을 참을 수 없어 이쑤시개로 양 눈꺼풀을 받치고 마지막 창작에 열을 올렸다.

　가을

　가 : 가! 가란 말이야!
　을 : 을마나 싫으면 가라고 하겠니?

"아, 졸려. 이건 좀 작품이 되겠군. 이행시는 좀 되는데 삼행시가 문제야."
　노빈손은 눈을 부릅뜨고 원고지를 노려봤다.

　가을에

　가 : 가! 가란 말이야!
　을 : 을씨구, 니나 가!
　에 : 에~.

"아냐아냐 이게 아냐!"
　노빈손은 또 원고지를 구겨 마구 던지며 고개를 절레절레 흔들

가을이란 말은 본래 '곡식을 거두어들이는 일'을 가리키는 말이었다. 지금도 시골 노인들이 '벼가을은 다 했나?', '올해 보리가을은 어찌 됐나?' 하는 말에서도 그 흔적을 찾아볼 수 있다. 줄여서 '갈'이라고도 한다. '추수'를 뜻하던 가을이란 말이, 세월이 흐르면서 추수를 하는 계절인 9·10·11월을 가리키는 말로 바뀌어서 쓰이고 있다.

었다.

머리에서 비듬이 후두둑 떨어졌다. 마음처럼 창작이 잘 되지 않아 마음이 심란하고 무거웠다.

'이번에는 서정적인 시를 써보자.'

가을

나는 가을이 좋아.
코스모스도 좋아.
홍시도 좋고 우수수 떨어지는 은행잎도 좋아.
아! 낙엽을 태우며 내 마음도 타는가!
이 넘쳐나는 가을에 내 마음도 철철 사랑으로 넘치는구나!
가을엔 고상해가 제일 좋아!

"이건 좀 괜찮은 것 같기도 하고… 근데 어째 좀 고상해 찬양시 같기도 하고. 아, 졸려 미치겠다."

노빈손은 부엌으로 달려가 얼음을 가져와서는 얼굴에 마구마구 문지르며 절규했다. 꼬장물이 눈물과 함께 줄줄 노빈손의 볼을 타고 흘러내렸다. 차마 눈 뜨고 볼 수 없는 처절한 모습이었다.

"시를 써야 해. 그녀를 감동시킬 수 있는 아름답고 훌륭한 시를! 오, 내 마음아. 너도 나처럼 슬프니?"

노빈손은 벽에 머리를 쿵쿵 들이받으며 울부짖었다.

"아, 도무지 시상이 떠오르지 않아. 오, 시여! 나에게 오라!!! 아냐아냐. 이게 아냐!"

노빈손은 머리를 마구 도리질쳤다.

"시를 방구석에서 쓰려고 한 것부터가 잘못된 생각이야. 안 되겠어. 시 구상을 위해 떠나자. 역시 나는 자연 속에서 많은 느낌을 받고 자유로움을 느꼈어. 그래, 자연으로 떠나자."

노빈손은 일어나 주섬주섬 옷을 입기 시작했다.

"시를 쓰기 위하여! 이 가을에 내가 간다! 이게 더 시적이다. 어쨌든 간다!"

노빈손은 쾡한 눈을 비비며 몰래 떠날 채비를 서둘렀다.

"산과 들아, 기다려라! 나 노빈손이 기차를 타고 간다. 코스모스야, 아낌없이 손을 흔들어 나를 반겨 다오! 군밤이 될 알밤들아, 도토리묵이 될 도토리들아, 곶감이 될 땡감들아, 모두모두 기다려라. 나 노빈손이 간다!"

바바리코트와 함께 사라지다

노빈손의 쾡한 두 눈에서 불현듯 섬광이 번뜩였다.

아무리 우발적인 여행이라지만 최소한의 준비물은 갖추어야 하는 법. 노빈손은 여행 때마다 둘러메고 다녔던 배낭부터 꺼냈다.

지난여름에 여행을 다녀온 뒤 책상 밑에 처박아 놓고 한 번도 거

이탈리아의 작곡가 비발디가 작곡한 〈사계〉. 각각 '봄', '여름', '가을', '겨울'이라는 제목으로 만들어진 곡으로 계절을 잘 묘사하고 있다. 사계 중 가을의 1악장은 전형적인 시골 마을의 가을 결실을 그리고 있다. 수확을 기뻐하는 시골 마을 사람들의 흥겨운 춤과 노래, 수확 축하주에 취해 흥청거리고 이후 잠이 든 모습, 다시 흥겨운 춤이 이어진다.

사람의 몸은 밖에서 들어오는 나쁜 물질에 대항할 수 있는 능력을 가지고 있다. 이것을 '신체의 방어 기능'이라고 하는데, 기침이나 재채기가 이에 속한다. 콧속의 점막에 먼지나 꽃가루 등이 닿으면, 이 정보가 뇌 밑에 있는 호흡 중추로 보내지고 뇌가 각 근육에 명령을 내리는 것이다. 뇌의 명령을 받은 폐는 모든 공기를 최대한 압축시킨다. 폐의 공기 압력이 높아지면 공기 통로가 갑자기 열리는데, 이 때 코와 입으로 점액이 담긴 물질이 나온다. 이것이 바로 재채기.

들떠보지 않은 배낭이었다. 뽀얀 먼지가 수북이 쌓인 배낭은 지난 여름 이후 잠잠했던 노빈손의 행적을 그대로 보여 주고 있었다.

"이럴 줄 알았으면 좀 빨아 놓을걸."

먼지를 대충 후후 불어 털어냈다.

"에취! 에취!"

생리적으로 튀어나오는 재채기만큼이나 이번 여행도 그렇게 우발적으로 준비되었다.

"수건, 치약, 칫솔……."

배낭 싸기는 한두 번 해본 일이 아니었으므로 일사천리로 진행되었다. 식은 죽도 이렇게 빨리 후루룩 마시지는 못할 것이다.

"이제 다 됐군."

등에 배낭을 짊어진 노빈손은 손을 툭툭 털었다. 그런데 웬일인지 마음 한구석에서 찜찜함이 가시질 않았다. 마치 큰일을 보고 난 뒤 휴지로 마무리를 안 한 것 같은 그런 찜찜함이었다.

"뭔가 빠진 것 같은데……."

아무리 방 안을 둘러보아도 빠진 건 없었다. 잠시 고개를 갸웃거리던 노빈손은 뭔가 생각난 듯 이마를 탁 쳤다.

"아하! 바로 그거야! 푸하~합!"

박장대소하려던 노빈손은 곧 입을 다물었다. 그리고는 마치 도둑이라도 된 양 발뒤꿈치를 들고 살금살금 안방으로 갔다.

아직은 캄캄한 밤. 세상의 모든 것이 빛을 잃은 밤.

그 고요한 밤의 정적을 깨는 소리가 있었다. 4분의 3박자의 조

화로운 합창소리.

　드르렁~드르렁~ 꺽! 꺽! 드르렁~드르렁~ 꺽! 꺽!

　이 얼마나 멋진 하모니인가. 누가 부부 아니랄까 봐 부모님은 코도 맞춰 가며 골고 있었다.

　노빈손은 터져나오려는 웃음을 어금니를 꽉 깨물며 정신력으로 참아내고 있었다.

　'엄마한테 걸리면 끝장이야. 나의 거사가 모두 허탕이 된다고.'

　노빈손은 귀가 밝은 엄마의 눈치를 살피며 조심조심 장롱문을 열었다. 그리고 꺼낸 것은 다름 아닌 아버지의 바바리코트였다.

　'모름지기 가을 남자에겐 바바리코트가 필수지. 아암, 그렇고 말고.'

　노빈손은 회심의 미소를 머금고, 시를 쓰기 위해 잠시 여행을 다녀오겠다는 메모를 남긴 채 고양이처럼 소리 없이 안방을 빠져 나왔다. 바바리코트와 함께 그렇게 집 밖으로 사라진 것이다.

　"기다려라! 시야, 내가 간다!"

　노빈손은 이번 여행이 자신의 불타는 시 창작열에 휘발유를 끼얹어 주길 바라며 부랴부랴 기차역으로 향했다. 가을답게 밤 공기는 쌀쌀했다.

1. 맑고 청명한 날씨

가을이 되면 대륙의 고기압이 여름에 극성을 부리던 북태평양 고기압의 자리를 빼앗는다. 그래서 맑은 날을 맞이하게 되는 것이다. 여름에서 가을로 바뀔 때는 고온과 저온이 되풀이되면서 서서히 이어진다.

2. 태풍의 위협

지루한 여름 장마가 끝나고 나면 서서히 가을로 접어드는데, 이때 우리를 위협하는 또 하나의 무서운 존재가 있다. 그것은 바로 태풍. 풍년이 될지 안 될지는 태풍이 찾아오는 9월을 지나봐야 알 수 있다고 한다.

3. 큰 일교차

우리나라의 9월 평균 기온은 개마고원 일대가 12℃로 가장 낮고, 남쪽으로 가면서 점차 높아져서 남해안에서는 22℃까지의 분포를 이룬다. 가을철, 특히 10월의 일교차는 해안지방을 제외하고 10~13℃로 연중 가장 크게 나타난다.

4. 첫서리가 내린다

서리는 이른 아침에 땅 위나 풀잎 등에 얼어붙어 있는 얼음 결정체를 말한다. 즉, 공기 중에 있는 물기가 낮은 온도로 인해 얼어붙어 서리가 되는 것이다. 첫서리가 내리기 시작하면 농작물들이 성장을 멈춘다.

말도 많고 탈도 많은 날씨 이야기

날씨 변화가 전쟁의 승패를 좌우한다

고구려의 을지문덕 장군은 장마로 불어난 강물을 이용해 수나라의 백만 대군을 물리쳤고, 이순신 장군은 바람과 물살을 이용해 왜군을 격퇴했다. 기상 예보의 예측이 가능해진 20세기 초부터는 기상을 전쟁에 본격적으로 이용하기 시작했다. 세계제2차대전 때 일본군은 대기의 상층에서 일본에서 미국 쪽으로 불고 있는 제트기류를 이용해 기구 폭탄을 수천 킬로미터 떨어진 미국 본토까지 날려 보낸 일이 있다.

가을의 기온 변화가 남자들의 옷차림을 바꾼다

옷차림으로 볼 때 봄에는 여성들의 반응이 민감하고, 가을에는 남성들의 반응이 민감한 것으로 나타났다. 그것은 가을이 남자의 계절이라서가 아니라 남성들은 여성에 비해 지방이 적어 피부가 건조하므로 가을을 더 춥고 스산하게 느끼기 때문이다.

동물들의 겨울 준비

사회 : 노빈손

게스트 : 박쥐, 고슴도치, 뱀, 곰, 개구리, 청설모

노빈손 : 오늘은 겨울 준비에 대해 얘기해 보겠습니다. 자, 누구부터 시작할까요?

뱀 : 아따! 말마시요이! 겨울 준비는 많이 먹고 자는 게 겨울 준비지요이! 겨울잠 자려고 쥐 잡아 먹고 트림도 하고 굴에 들어가 있는디… 웬 땅꾼? 땅꾼들! 잠 좀 잡시다, 잠 좀 자! 잠자는 동안만이라도 제발 건드리지 마쇼! 나 이래 봬도 성질 있는 놈이라고. 내 눈 좀 봐주쇼이. 무섭제? 조상 때부터 핍박받은 눈이라서 뒤

집히면 뵈는 게 없당께. 조심들 하쇼이!

노빈손 : 저, 저기요. 뒤집힐 눈꺼풀도 없는데…….

뱀 : 어허, 잔소리가 많아. 눈에는 눈! 이에는 이여! 꼬리 잡고 머리 밟는 놈들! 똥꼬를 확 깨물어 버릴랑께 조심혀! 큰소리 좀 쳤더니만 금세 배가 고프네. 잽싸게 눈먼 들쥐 한 놈 잡아먹고 자야겠소이. 난 졸려서 이만. 내년 봄에 봐요~.

박쥐 : 우리는 가을이 되면 겨울잠을 자기 위해 다른 장소로 날아가요. 어떤 애들은 온도 변화가 적은 곳을 찾아 수백 킬로미터를 날아가기도 해요. 우리가 자는 곳은 온도 변화가 아주 적어야 하거든요. 우린 잠들면 몸이 차츰 식는데 너무 추우면 한두 시간쯤 깨어나 물을 마시거나 좀 더 따뜻한 곳으로 자리를 옮겨서 계속 자죠. 가을에 모아 두었던 몸속의 지방을 아주 천천히 사용하기 위해서 심장도 여름에 비해 아주 천천히 뛴다니까요. 덕분에 아주 추운 겨울도 거뜬히 견디죠.

개구리 : 아유 부럽구만유. 우덜은 변온동물이라 아무리 든든히 먹고 자도 갑자기 날씨가 추워지면 얼어죽고 말아유. 제 친구두유, 작년에 자리를 잘못 잡아서 얼어죽었지 뭐여유. 우리같이 피부가 연약한 양서류들에겐 추위만큼 잔인한 적도 없다니께유. 추위가 무서워유~.

노빈손 : 아~ 그런 아픔이 있었군요. 그럼 반대로 피부가 무지 단단할 것 같은 고슴도치님은 어떤가요?

고슴도치 : 지는 겨울이 가까워 오면 가시가 난 등쪽 갈색 지방층이 두꺼워져서 뚱뚱해집네다. 위에서 보면 머리는 작고 몸통만 엄청 불어서 커다란 전구알처럼 보인다고 다른 동물들이 놀립네다. 무지하게 슬픕네다. 제가 보기엔 알전구같이 구엽기만 하던데! 아무튼 내레 그런 식으로 깊은 잠에 빠질 준비를 합네다. 자기 전엔 밥 못 묵습네다. 고거이 겨울잠에 들어가는 첫 신호입네다.

곰 : 지는 어제 겨울잠을 잘 굴을 찜해 놨심더. 다른 넘들이 얼씬 몬하게 근처 나무에 발톱으로 표시도 해뒀심더. 내사 마 얼마 전부터 밥맛 없앨라고 억수로 양치 식물을 잘라 먹고 있심더. 또 몸이 젖은 채로 자면 억수로 찝찝하기 때문에 몸도 말려야 합니데이. 지는 지는 건 못 참심더. 다른 동물들은 자는 동안 열심히 일하는 데 지만 잘 수는 없지예. 그래서 고슴도치처럼 디비 자지 않고 꾸벅꾸벅 졸면서 겨울을 납니데이. 참, 축하해 주이소. 저 지금 임신 중입니더. 지는 주로 겨울에 아가를 낳거든예. 아이고, 배야. 벌써 진통이 오나? 아닐 낀데, 아 지는 배가 넘 아파서… 봄에 뵙겠심더~.

청설모 : 전 겨울을 나기 위해서 양식을 저장해요. 다른 동물들처럼 많이 먹어서 몸 속에 저장하는 게 아니라 몸 밖에 저장해 둬요. 솔방울, 도토리, 밤, 버섯 등

을 땅을 파고 묻어 두거나 나무 구멍, 새들의 빈 둥지에 저장해 두죠. 찾기 쉽도록 나무를 정해 그 주변의 여러 장소에 숨겨 두는 거예요.

노빈손 : 그러다가 어디 숨겼는지 헷갈리면 어떡해요? 들리는 소문에 의하면 건망증이 심하시다던데…….

청설모 : 절 물로 보지 마세요. 먹이를 묻을 때 기억해 둔 나무를 중심으로 20~30미터 떨어진 곳을 규칙적으로 파헤쳐 보면 다 거기 있어요. 제가 혹시 잊고 먹지 않은 씨앗들은 저 때문에 싹을 틔워서 나무가 되는 행운도 따라요. 헤헤.

노빈손 : 좋은 일 하시는군요. 사실 저도 겨울이 되기 전에 할 일이 많답니다. 김장도 담가야 하고 겨울 동안 땔 땔감 때문에 산에 가서 나무도 해야 하고… 겨울 준비할 게 한두 가지가 아니거든요. 참, 겨울에 먹을 고기들도 사냥하러 가야 하는데…….

일동 : 네?

노빈손 : 아, 아니 농담이에요, 농담. 무슨 말을 못 한다니까.

가을의 절기

가을은 입추, 처서, 백로, 추분, 한로, 상강, 입동으로 절기가 나뉜다. (하지만 기상학상으로 입추는 아직 여름이고 입동은 겨울의 시작이다)

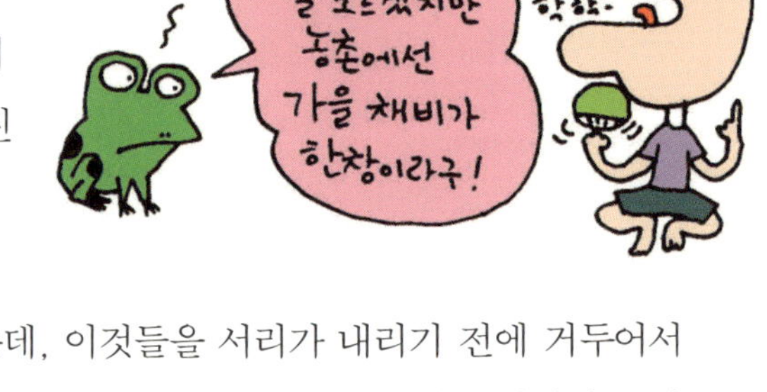

입추는 양력 8월 8일경으로, 여름이 지나고 가을에 접어들었다는 뜻을 가진 절기이다. 그래서 사람들은 이때부터 가을 채비를 시작한다. 특히 농촌에서는 입추 때 무나 배추를 심는데, 이것들을 서리가 내리기 전에 거두어서 겨울철 김장에 대비한다. 이때를 김매기가 끝나 사람들이 한가해지는 시기라고 해서 '어정 7월', '건들 8월'이라고 부르기도 했다.

처서는 양력 8월 23일경으로, 여름이 지나 더위가 가신다는 뜻을 가진 절기이다. 이때는 따가운 햇볕이 누그러져서 풀이 더 자라지 않기 때문에 논두렁이나 산소의 풀을 깎는다. 그리고 처서가 되면 날씨가 선선해지는데, 이를 비유해 '처서가 지나면 모기도 입이 비뚤어진다'는 말이 있다.

백로는 양력 9월 8일경이다. 백로는 '이슬 로(露)' 자를 써서, 밤에 기온이 내려가고 풀잎에 이슬이 맺히는 등 가을 기운이 완전히 나타난다는 뜻을 가지고 있다. 이때는 고된 여름 농사가 끝나고 추수까지 잠시 일손을 쉴 때라 여자들이 친정으

로 부모님을 뵈러 갔다고 한다.

추분은 양력 9월 23일경으로, 하지 이후 낮이 조금씩 짧아져 밤과 낮의 길이가 같아지는 때이다. 추분이 지나면 점차 밤이 길어지므로 여름이 가고 가을이 왔다는 것을 확실히 느낄 수 있다. 이때는 논밭의 곡식을 거두어들이고 목화와 고추를 따서 말리는 등 잡다한 가을걷이 일이 있다.

한로는 양력 10월 8일경으로, 찬이슬이 맺힌다는 뜻을 지닌 절기이다. 기온이 더 내려가기 전에 추수를 끝내야 하기 때문에 농촌은 타작으로 한창 바쁠 때이다. 한로는 중양절과 비슷한 때로 국화전과 국화술을 만들어 먹기도 하고, 여러 모임과 놀이가 많아지는 시기이기도 하다.

상강은 양력 10월 23일경으로, 서리가 내린다는 뜻을 가진 절기이다. 늦가을인 이 무렵은 쾌청한 날씨가 계속되면서 밤에는 온도가 매우 낮아져서 서리가 맺히기 시작한다. 옛날 중국 사람들은 상강이 지난 다음 입동이 들기 5일 전에는 벌레들이 모두 겨울잠에 들어간다고 생각했다.

입동은 겨울로 접어든다는 뜻을 가진 절기로, 양력 11월 7일경이다. 이때에 날씨가 따뜻하지 않으면 그 해 바람이 독하다고 한다. 더 지나면 배추가 얼어붙는다고 하여 이 무렵이면 여자들이 냇가에서 배추를 씻느라 바빴다고 한다.

오늘의 요리

요리조리 국화 요리법

아름다움을 보고 향기를 맡으며 맛을 즐기는
꽃 요리! 입 안 가득 전해 오는 부드러운 질감과
향기를 가을 꽃 요리로 한번 느껴 볼까나?

국화전

이런 걸 준비한다(5인 기준)

떡 해먹고 남은 하얗고 고운 찹쌀가루 5컵, 소금 작은 티스푼 5개 쬐금 안 되게,
따끈따끈한 물 3/4컵, 눌러붙지 않을 만큼의 식용유, 국화꽃 2~3송이(이왕이
면 색색깔로), 대추 5개, 쑥갓 좀 많이, 할머니가 보내 오신 꿀 1컵.

만드는 방법

1. 찹쌀을 물에 담가 불린 뒤 가루로 빻아서 고운 채에 내린다.
2. 찹쌀가루에 소금을 탄 뜨거운 물을 넣고 숟가락으로 저었다가 손으로 주물럭
   주물럭 반죽을 한다.
3. 찐득찐득해진 반죽을 떼어 지름 5cm 정도로 둥글고 납작하게 빚는다.
4. 위에 예쁘게 얹을 국화 꽃잎을 물에 씻어 물기를 없앤다.
5. 대추는 씨를 뺀 뒤 동그랗게 말아 얇게 썬다.
6. 쑥갓잎을 깨끗이 씻은 뒤 작게 하나씩 뜯어 놓는다.
7. 프라이팬을 달구어 기름을 두른다.

8. 동그랗게 빚은 반죽을 프라이팬에 올려 서로 붙지 않게 떼어 놓고, 숟가락으로 누르면서 익힌다.
9. 익어서 맑은 색이 나면 뒤집어서 위에 국화 꽃잎과 대추와 쑥갓으로 예쁜 모양을 만든다. 이때 모양을 낸 후에는 뒤집지 않는다.
10. 알맞게 익었으면 꺼내어 꿀을 고루 묻힌 뒤 그릇에 담아낸다.
11. 온 가족이 모두 모여 국화전을 맛있게 먹는다.

국화차

이런 걸 준비한다

국화꽃, 물

만드는 방법

1. 국화꽃을 따서 통풍이 잘 되는 그늘에서 말린다.
2. 잘 마른 국화꽃은 한지로 만든 봉지 등에 넣어 바람이 잘 부는 곳에 보관한다.
3. 차로 마실 때는 물 한 바가지에, 잘 말린 국화꽃 5송이 정도 넣고 약한 불로 서서히 달인다.
4. 달콤한 맛이 나도록 벌꿀을 한 숟가락 탄다.
5. 하루에 2~3회로 나누어 마시면 좋다.

아, 진정 난 몰랐네

드디어 출발!

칙폭칙폭 칙칙폭폭~

기차와 함께 노빈손의 정처 없는 여정이 시작되고 있었다.

"아~ 벌써 시구절이 떠오르는군."

노빈손은 얼른 필기구를 꺼냈다. 그리고 단숨에 무언가를 써내
려갔다.

가을 바람 머물다간 들판에

뭉게뭉게 피어나는 저녁 구름

색동옷 갈아입은 가을 동산에

노을만 붉게 타는데.

시인이자 소설가인 이상(1910. 9~1937. 4)의 본명은 김해경이다. 이상은 실험정신이 강한 시를 써오다가 1936년 소설 〈날개〉를 발표하면서 시에서 시도했던 자의식을 소설로 승화시켰다. 혁신적이고 새로운 시도로 한국 문단계에 큰 영향을 끼친 그는 27세에 요절하고 만다. 〈거울〉, 〈오감도〉 등의 작품이 있다.

"뜨아! 이게 진정 내가 쓴 시란 말인가!"

노빈손은 자신이 쓴 것을 보고 또 보고, 읽고 또 읽었다. 아무리 보고, 아무리 읽어도 어디 하나 나무랄 데 없이 완벽했다. 이 나라의 시인들이 자신의 작품을 보면 바짝 긴장하게 될 거라고 생각하니 온몸에 전율이 흘렀다. 게다가 고상해가 자신의 시를 보고 놀라는 모습을 상상하니 감정이 복받쳐 올랐다.

"그래, 난 천재야! 이상에 버금가는 이 시대 최고의 시인이라고! 만세!"

노빈손은 자신도 모르게 두 손을 번쩍 들었다. 그러자 기차 안의 몇 안 되는 사람들이 고개를 절레절레 흔들며 노빈손에게 측은한 시선을 보내 왔다.

그러면 어떠랴. 이상 역시 사람들에게 손가락질 받으며 시대의 불운을 뛰어넘었지 않은가. 그리고 오늘날 천재 시인이라 칭송되고 있지 않은가.

노빈손은 가슴 깊은 곳에서 출렁이는 시상을 주체할 길 없어 줄줄이 쓰고 또 썼다.

난 니가 싫어졌어, 우리 이만 헤어져

내 거인 듯 내 거 아닌 내 거 같은 너

싫다 싫어 꿈도 사랑도

제발 더 이상 귀찮게 하지 마!

어느새 아침이었다. 창작열에 불탔던 노빈손은 언제 잠이 들었는지 곤히 자고 있었다. 따가운 햇살이 기차의 유리창을 파고들었다. 노빈손은 눈살을 찌푸리며 감은 눈을 떴다.

"스읍!"

질질 흐르던 침을 소매로 쓰윽 닦았다. 손에는 지난 밤의 열정이 담긴 필기구가 꼭 쥐어져 있었다. 노빈손은 흐뭇한 마음으로 자신이 쓴 시를 다시 한 번 읽어 보았다.

그런데 이게 웬일인가. 노빈손이 갑자기 노트를 발기발기 찢는 게 아닌가.

"이건 현실이 아니야!"

노빈손은 절규하듯 울먹이며 연습장을 한장 한장 찢어발겼다.

"이걸 시라고 써놓았다니… 흑흑."

알고 보니 간밤에 써내려갔던 시들은 다름 아닌 노래 가사가 뒤섞인 것이었다. 가을만 되면 울려퍼지는 '노을'이라는 유명한 동요와 말숙이가 얘기만 꺼내도 자지러지는 인기 그룹의 노래.

그런 걸 시랍시고 써놓고는 뿌듯해하며 잠이 든 자신이 너무도 한심하게 여겨졌다.

"으으윽… 아, 진정 난 몰랐네! 어젯밤에는 몰랐네, 흑흑."

노빈손은 맥이 풀린 채로 한동안 멍하니 앉아 있었다.

잠시 후, 차장 아저씨의 안내 말이 스피커를 타고 노빈손의 귓가에 닿았다.

"이번에 정차하실 역은 황금역입니다. 내리실 분은 놓고 내리는

침은 침샘에서 분비되는 소화액의 일종으로 하루에 1ℓ 이상이 분비된다. 발음이 잘 되도록 하는 침은 입안을 깨끗하게 유지하도록 해주고 충치 예방, 소화 작용을 돕는다. 또 침은 개인을 확인하거나 질병을 진단하는 데 유용하게 이용된다. 따라서 침은 더러운 물질이기보다는 몸을 유지하는 데 많은 역할을 담당하고 있는 우리 몸의 윤활유요, 건강의 파수꾼인 것이다.

그것은 빛의 산란 현상 때문이다. 산란이란 빛이 입자를 통과하면서 그 강도나 방향 등이 바뀌는 현상이다. 산란이 일어날 때는 여러 가지 요인에 의해서 그 특징이 달라질 수 있는데 그 중 가장 영향을 많이 미치는 것이 바로 입자의 크기이다. 하늘의 경우 작은 크기를 가진 기체 성분들이 산란을 일으키기 때문에 파장이 짧은 파란색 계열의 빛이 주로 산란을 일으킨다. 허나 밤에는 빛이 이동하는 거리가 길어지기 때문에 파장이 긴 붉은색 계열의 빛이 주로 산란되어 하늘이 빨갛게 보이는 것이다.

물건이 없는지 꼼꼼히 살핀 뒤 하차해 주시기 바랍니다. 저희 열차를 이용해 주셔서 감사합니다. 오늘도 즐거운 하루 되십시오.”

차장 아저씨의 말이 끝나기가 무섭게 기차가 역에 들어섰다. 그때 불현듯 노빈손의 뇌리를 스치는 것이 있었다.

“황금? 그래, 여기서 내리자. 기필코 이곳에서 황금 같은 시들을 캐어 가리라.”

노빈손은 허겁지겁 기차에서 내렸다.

황금이라는 곳은 작은 읍이었다. 한가하고 조용하기 그지없는 그런 곳이었다.

노빈손은 사람들에게 물어물어 버스 정류장으로 향했다. 아예 시골 마을로 쑥 들어가 봐야겠다는 생각이 들어서였다. 노빈손은 간간이 있는 버스 중 아무거나 골라잡아 탔다.

황금읍을 빠져 나가니 울퉁불퉁 비포장 도로가 펼쳐졌다. 엉덩이가 조금 아팠지만 그런 대로 즐거운 경험이었다.

버스가 흔들릴 때마다 바깥 풍경이 흔들렸다. 노란 벼이삭 알갱이 하나하나가 노빈손을 반기는 듯했다.

끝없이 펼쳐진 논과 밭.

높고 푸르른 쪽빛 하늘.

풍성하게 무르익은 곡식과 과일.

적당하게 따뜻한 햇빛.

선선하게 불어오는 바람, 바람, 가을 바람……

노빈손은 지그시 눈을 감았다. 누가 뭐래도 가을이었다. 도시에서는 느껴 볼 수 없는 그런 알뜰한 가을이었다.

순간, 노빈손은 눈을 번쩍 떴다. 그리고 차창 밖을 보며 자신도 모르게 말을 내뱉었다.

"아아, 환장할 것 같은 가을아! 시야!"

역시나 버스 안에 탄 몇 안 되는 사람들이 이상한 눈초리로 노빈손을 쳐다보았다. 하지만 그런 눈초리엔 이미 단련이 될 대로 되어 있는 노빈손이었다.

노빈손은 사람들을 향해 왜들 그러냐는 듯한 표정을 지으며 어깨를 한번 으쓱해 보였다. 그러고는 곧 싱글싱글 웃으며 시골 풍경에 빠져 들었다.

버스는 바깥 풍경들을 싣고 덜컹덜컹 달렸다. 사람들이 하나 둘씩 내리고, 마침내 버스가 종착역에 다다랐다.

그곳은 빛나리라는 작은 마을이었다. 텔레비전의 전원일기에 나오는 양촌리보다도 더 작은 마을 같았다.

마침 마을에 안내 방송이 나오고 있었다.

"에에, 이장이여유우~. 오늘 알려 드릴 말씀은~."

텔레비전에서나 들어 보던 이장님의 안내 방송이 전봇대에 붙어 있는 스피커를 타고 흘러나왔다. 이장님의 말투는 여유가 있다 못해 속 터질 만큼 느릿느릿했다. 마치 여름 한낮에 졸음에 겨운 개의 하품과도 같은 그런 속도였다.

노빈손은 그런 이 마을에 어쩐지 마음이 갔다. 이곳에 머물면 뭔

개들은 왜 전봇대에 오줌을 쌀까?

암캐가 쭈그리고 오줌을 누는 데 비해 대부분의 수캐는 생후 8개월 무렵부터 한쪽 다리를 들고 일을 본다. 전봇대나 나무 등 높은 곳에 오줌을 싸는 것은 그곳이 자기의 영역임을 다른 개에게 분명히 알리고자 하는 뜻이 담겨 있다. 다리를 높이 쳐드는 것도 이러한 메시지를 보다 효과적으로 강조하기 위한 것이다. 개가 오줌을 누는 스타일은 호르몬에 의해 결정이 되는데 암컷에게 수컷의 남성 호르몬을 주사하면 암컷도 다리를 들고 오줌을 눈다.

농촌 마을의 이장님은 도시의
통장과 비슷한 역할을 한다. 마
을의 크고 작은 일뿐만 아니라
집집마다의 좋고 나쁜 일을 돌
봐준다. 봄에 각 집마다의 곡식
파종부터 시작해 여름에 해충
박멸을 위한 약 뿌리기, 가을에
곡식 거두기까지 마을의 한 해
농사를 관장하고, 조언하고, 도
와주는 역할을 하는, 농촌엔 없
어선 안 될 존재이다.

가 재미있기도 하고, 신기하기도 한 일들이 펼쳐질 것 같았다. 그
리고 시도 쓱쓱 써질 것 같았다.

노빈손은 결심했다. 이 정겹고 살가운 마을에서 며칠 동안 머물
기로 말이다.

"우선 이장님을 찾아가는 게 순서겠지?"

노빈손은 며칠 머물 만한 곳을 이장님에게 부탁드려 볼 작정이
었다.

이장님을 만나다

노빈손은 마을회관을 찾아갔다. 마침 이장님이 막 안내 방송을
끝내고 밖으로 나오고 있었다.

"저~ 혹시 이장님 되십니까?"

"그런디, 누구신감유? 처음 보는 얼굴인디유우."

이장님은 평소 말투도 매우 느린 것 같았다. 노빈손은 모든 자초
지종을 일목요연하게 말했다. 물론 고상해에게 반해 시를 써야겠
다고 맘먹은 이야기는 뺐다.

그리고 시를 쓰기 위해 내려왔다는 대목에서는 약간, 아주 약간
내용을 부풀렸다.

"저는 서울에서 활동하고 있는 시인 노빈손입니다. 가을도 되고
하니 가슴 한쪽이 아려 와 밤마다 잠을 이루지 못했지요. 가슴속에

서 떠나야 한다는 아우성이 그치질 않기에 이렇게 무작정 길을 나섰습니다. 발길 닿는 대로 오다 보니 이곳에 도착한 것이구요."

노빈손은 마치 로댕의 생각하는 사람마냥 턱을 괴고는 먼 곳을 응시했다. 옆에 서 있던 이장님도 삽에 팔을 대고 노빈손의 행동을 따라하며 고개를 끄덕였다.

"이장님!"

노빈손이 갑자기 고개를 돌렸다.

"아이구 놀라아~ 심장 약한 사람 놀라게 하는 거 아니여, 이 사람아."

"죄, 죄송합니다. 놀라게 해드릴 생각은 아니었는데. 그건 그렇고 구름에 달 가듯 정처 없이 떠도는 이 나그네의 몸뚱이가 잠시 머물 곳이 있을까요? 한 평 남짓 헛간이어도 좋습니다. 저는 그곳에 머물면서 이 시대 최고의 시 몇 편을 완성할까 합니다. 노벨 문학상에 길이 빛날 그런 시를요. 아아, 용솟음친다. 아아, 떠오른다. 아아, 시로 요동치는 이 가슴 주체할 길 없네. 아아~."

노빈손은 약간의 오버를 곁들여 이장님을 떠보았다.

"시인이라서 그런지 한마디 한마디가 예사롭지 않구먼유우. 이렇게 훌륭한 시인이 우리 마을에 머문다면야 우리가 영광이지유우. 우리 집에서 머물도록 혀유. 마을에 오신 손님이니 응당 이장 집에서 모셔야지유."

순간 노빈손은 '야호!'라고 환호성을 지를 뻔했다. 하지만 여기서 이미지를 구길 수는 없는 일. 노빈손은 무척 감동한 표정을 지

헛간은 농가에서 옥수수나 다른 곡식을 저장하기 위해 이용되는 저장소이다. 껍질을 벗긴 옥수수를 넣어 두기 위한 옛날 헛간은 보통, 나무로 만들었으며 바람이 통하도록 열어 놓거나 슬레이트를 올렸다. 구멍이 뚫린 진흙이나 콘크리트 벽돌로 벽을 쌓기도 했다. 요즈음 사용되는 헛간에는 더운 공기 또는 찬 공기를 불어넣을 수 있는 짧은 원통형 관이 설치되어 있다.

43

가을 하늘을 흔히 쪽빛 하늘이라고 한다. 그렇다면 쪽은 뭘까? 쪽은 마디풀과에 속하는 식물이다. 3월 하순에 씨를 뿌려서 8월 하순에 수확하는 쪽은 키가 60~70cm이며 꽃은 9월 초에 붉은색이나 백색으로 핀다. 그렇다면 왜 쪽빛이란 말을 쓸까? 그건 바로 쪽으로 염색을 하면 가을 하늘처럼 아주 파란색이 되기 때문이다. 쪽빛을 남색이나 인디고라고 부르기도 한다.

으며 말했다.

"그렇게 말씀해 주시니 고맙습니다. 그건 그렇고. 이장님, 말씀 놓으십시오. 제가 워낙 일찍 문단에 나와서 그렇지, 사실 나이는 어리거든요."

노빈손은 자신에게 꼬박꼬박 존댓말을 해주는 이장님에게 송구스러운 마음이 들었다. 그러자 이장님은 올 것이 오기라도 한 듯 얼른 되받았다.

"그려어? 그렇잖아도 내 자식 뻘 되는가 싶은 생각에 어색하긴 하드먼. 그럼 지금부터 말 놓겠네에. 자 따라와아."

이장님은 노빈손을 데리고 집으로 향했다.

잠 못 드는 밤, 귀뚜라미 소동

이장님네 식구는 다섯 명이라고 했다. 그런데 지금은 세 식구가 단촐하게 살고 있었다. 초등학교 교사인 큰아들은 서울에서 살고, 막내딸은 시집을 가서 이웃 마을에 살고 있었기 때문이다.

"어서 와유."

넉넉한 풍채의 사모님도 느릿한 말투로 서글서글하게 노빈손을 반겨 주었다.

"누가 왔어?"

할머니, 그러니까 이장님의 어머니이자 사모님의 시어머니이기도 한 할머니는 치매에 걸리셨다고 했다.

"어이구, 내 손주 왔구머언. 어디 갔다 이제 온 겨?"

할머니는 노빈손이 당신의 손자인 줄 알고 계속해서 엉덩이를 두드렸다. 그런데 할머니는 정신은 좀 없으시지만 힘은 황우장사였다. 엉덩이를 어찌나 세차게 두드리시는지 엉덩이가 화끈대기 시작했다.

"저기여~, 전 서울서 내려온 시인이에요. 할머니 손주가 아니구요."

노빈손이 울먹이며 말했다.

"뭐, 할미 보구 싶어서 서울서 내려왔다구? 그려, 그려!"

할머니는 더욱 더 세차게 노빈손의 엉덩이를 두드리셨다.

이장님 사모님이 안 말렸으면 그날 노빈손은 짝궁둥이가 되었을 것이다.

"여긴 내 아들이 쓰던 방인디, 누추하지만 이곳에서 지내도록 혀어."

이장님이 노빈손을 빈 방으로 안내했다.

"누추하긴요, 대궐인걸요."

노빈손은 화끈대는 엉덩이를 부여잡고 꾸벅 인사를 했다.

서울에서는 어디 꿈이라도 꿀 수 있는 일인가. 낯선 사람을 집에 들여 며칠 동안 대접하는 일이 말이다.

노빈손은 다시 한번 감사해하며 짐을 풀었다.

치매는 기억력이나 계산 능력 혹은 생각하는 능력이 많이 떨어진 상태를 말하는 것으로 대개 뇌의 병적인 변화 때문에 일어난다. 방금 기억했던 것을 되새겨 떠올리지 못하는 건망증으로 시작되는 경우가 많다. 치매 환자들은 대부분 뇌가 퇴화하는 알츠하이머 병이라는 불치의 뇌 질환을 앓고 있다. 이런 환자들은 처음에는 최근의 기억을 잃어버리고 판단력과 추리 같은 고도의 지적 기능을 상실한다. 그다음에는 더욱 심해져 장소와 시간 감각을 잃어버린다. 때로는 감정이 불안정해질 수도 있고, 정신뿐만 아니라 육체도 퇴화하며 결국에는 조리 있게 말하는 능력조차 잃어버린다.

식물이 자라는 것과 꽃이 피고
지는 것은 빛의 밝기 때문이다.
나팔꽃은 새벽에 피어 한낮이
되기 전에 진다. 그러나 한밤중
까지 나팔꽃에 빛을 비추거나
아침까지 주위를 어둡게 하면,
나팔꽃의 피고 지는 시간을 바
꿀 수 있다. 하지만 식물도 낮에
는 햇빛을 받아 자라다가 밤이
되면 쉬어야 하는데, 밤낮 없이
빛을 비추면 쉴 수가 없어 성장
하지 못한다.

저녁을 먹고 나니 벌써 주위가 어둑어둑했다. 방에 앉아 있던 노빈손은 문을 열고 밖을 내다보며 혼잣말을 했다.

"해가 많이 짧아진 걸 보니 가을은 가을인가 보네."

"그도 그렇지만 사실 서울보다야 시골의 밤이 더 어둡지."

언제 나와 계셨는지 이장님이 노빈손의 말을 되받았다.

"나도 아들놈 때문에 서울에 몇 번 가보았는디, 서울은 밤이 없더구먼. 길가나 건물이나 밤새도록 불을 켜놓으니 대낮보다 밝을 수밖에. 쯧쯧쯧. 서울 사람들은 전기세 아까운 줄을 모르나벼. 우리가 언제부터 잘살았다고 그렇게 다들 헤픈지 몰러. 사실 서울 사람들만 탓할 건 못 돼. 아암, 못 되고 말고. 요즘은 시골에도 가로등을 켜놓는 곳이 많아서 곡식이 제대로 자랄 수가 없지 뭐여. 으이구 세상이 어떻게 되려고 이러는지 몰러."

이장님은 은근히 노빈손의 방에 켜 있는 전깃불을 쳐다보았다. 노빈손은 이장님의 말이 '이제 그만 불 끄고 자' 라는 뜻이라는 걸 눈치챘다. 둘러보니 할머니 방과 안방에는 이미 전깃불이 꺼져 있었다.

노빈손이 넙죽 인사를 했다.

"그럼, 안녕히 주무십시오."

"벌써 자려고오? 원래 시인은 밤새도록 시를 써야 되는 거 아닌지 몰러."

그러면서도 이장님은 계속해서 전깃불을 의식했다.

"아, 아닙니다. 시야 훤한 대낮에 맑은 정신으로 쓰는 게 좋죠."

"그럼, 잘 자도록 혀어."

이장님은 기다렸다는 듯이 인사를 건넸다.

하는 수 없이 노빈손은 이부자리를 폈다. 그리고 전깃불 스위치를 내렸다. 그제야 이장님은 안심한 듯 안방으로 들어갔다.

하지만 노빈손은 이렇게 이른 시간에 잠자리에 들어 본 적이 없었다. 야행성인데다, 낯선 곳에서의 첫날 밤이다 보니 쉽게 잠이 오질 않았다. 시간이 지날수록 눈만 더 말똥말똥해질 뿐이었다. 게다가 시골이라서 그런지 별의별 곤충 소리가 다 들렸다.

귀뚜라미 소리에다 쓰르쓰르 찌리찌리 이름 모를 벌레들의 울음소리까지…….

눈을 감으면 그 소리들은 더 크게 노빈손의 귀를 괴롭혔다.

"아아~ 미치겠네. 벌레 울음소리 때문에 잠도 안 오고, 괜히 마음만 싱숭생숭한걸."

노빈손은 일어섰다 누웠다를 연거푸 반복했다. 오죽하면 잘하지도 못하는 윗몸일으키기와 팔굽혀펴기를 각각 열 번씩이나 했는데도 잠이란 놈은 찾아올 줄 몰랐다.

게다가 처음에 불을 껐을 때는 아무것도 보이지 않았는데, 한참 동안 어두운 곳에 있다 보니 대충 방 안이 보였다. 그것 또한 노빈손을 미치게 만들었다. 주위가 보이니 잠은 더 오지 않는 것이었다.

"아, 정말 미치고 팔짝 뛰겠네."

그때였다.

불면증은 습관적으로 밤에 잠을 이루지 못하는 병이다. 불면증을 치료하는 좋은 방법으론 아침에 일찍 일어나기, 규칙적으로 운동하기, 낮잠 자지 않기, 매일 같은 시각에 잠자리에 들기, 잠자리에서 책 또는 텔레비전 보지 않기 등이 있다. 이것만 꾸준하게 지켜도 불면증 이기는 데 큰 효과가 있을 것이다.

전등의 스위치를 누르면 전류가 흐른다. 다시 말해 전자가 전선을 타고 전구로 흐르는 것이다. 그러면 전자는 서로 부딪히는데, 이 때문에 전구에서는 열이 난다. 이 열이 전선이나 필라멘트를 통해 전구 안에서 빛을 만들어 내는 것이다.

무언가 노빈손의 얼굴 위로 툭! 하며 떨어졌다.

"앗, 뭐야?"

조금 있자 이번에는 다리 쪽에서 뭔가가 스멀스멀 기어다니는 느낌이 들었다.

"시골이라서 벌레들이 많은가 보군. 마침 잠도 안 오는데 벌레들이나 잡아 볼까?"

그러다가 문득 전기세를 운운하던 이장님의 얼굴이 떠올랐다. 노빈손은 살며시 문을 열어 안방 쪽을 주시하며 이장님이 주무시는지 살폈다. 할머니 방에서건 안방에서건 인기척은 없었다. 노빈손은 얼른 문을 닫은 뒤 살짝 전깃불 스위치를 올렸다.

그때 노빈손의 눈에 들어온 것이 있었다.

"으아… 아…악! 바퀴벌레다!"

노빈손은 그만 소리를 지르고 말았다. 사실 노빈손은 바퀴벌레를 끔찍이도 싫어했다. 그러다 보니 그의 집에는 바퀴벌레 약이 수십 종에 달했다. 혹시라도 집에 바퀴벌레가 출몰하면 그날은 집 안이 발칵 뒤집히는 날이었다.

뿌리는 바퀴 약을 거의 질식할 정도로 뿌려대고, 붙이는 바퀴 약을 방, 부엌, 거실, 천장, 바닥, 벽 할 것 없이 다닥다닥 붙여 놓고, 바르는 바퀴 약을 구석구석에 발라 놓고, 그것으로도 모자라 바퀴벌레를 유인하는 집까지 설치해 놓는 등 일대 소동을 벌이기 때문이었다.

그런 노빈손이 시골에까지 와서 바퀴벌레를 만날 줄이야. 게다가 그 끔찍한 바퀴벌레가 자신의 얼굴을 강타했다가 다리를 스멀스멀 기어다녔다고 생각하니, 정말이지 온몸에 소름이 좍악 끼치기 일보 직전이었다.

"끼약!"

노빈손은 베개를 들고 벌레를 쫓았다.

그때 노빈손의 비명소리에 놀라 이장님 부부가 뛰어왔다.

"무, 무슨 일인데 한밤중에 호들갑을 떠는 겨어?"

이장님은 이 상황에서도 조금도 굽힘 없이 느릿느릿 물었다.

"바, 바퀴벌레예요. 저는 세상에서 바퀴벌레가 제일 싫거든요. 어서 좀 잡아 주세요."

노빈손은 거의 정신 나간 사람마냥 이리저리 왔다갔다 정신이

수컷만 소리를 내는 여치는 오른쪽 앞날개와 왼쪽 앞날개가 겹치는 부분으로 소리를 내는데, 한쪽 날개맥의 까슬까슬한 줄과 다른 쪽 날개에 있는 마찰면을 문질러서 소리를 낸다. 귀뚜라미 역시 마찬가지. 한편, 메뚜기는 허벅지에 난 오톨도톨한 돌기를 마치 바이올린을 켜듯이 앞날개 시맥에 문질러서 소리를 낸다.

없었다.

"바퀴벌레? 우리 시골에는 그런 거 없는디."

사모님이 부스스한 머리를 긁으며 입을 뗐다.

"그리고 있으면 워뗘. 벌레가 잡아먹는감? 괜찮혀~어, 물려도 안 죽는구면. 안 죽으니께 벌레지, 물려서 죽으면 뱀이게?"

남은 지금 가슴이 벌렁거리는데 이장님은 너무나 태연했다.

"저게 바퀴벌레가 아니면 뭐란 말씀이세요. 헉헉……."

노빈손은 숨을 몰아쉬며 연신 벌레에게서 눈을 떼지 못했다.

"허허허!"

갑자기 이장님이 큰 소리로 웃음을 터뜨렸다.

"이장님은 뭐가 좋다고 그렇게 웃고만 계신 거예요? 어서 저 바퀴벌레 좀 없애 주세요."

"저건 바퀴벌레가 아니여어."

"아니긴 뭐가 아니에요. 서울에서 본 거랑 똑같은데."

그러자 이장님은 쏜살같이 방으로 들어와 맨손으로 그것을 잡았다.

"이건 바퀴벌레가 아니라 귀뚜라미란 말이여. 귀뚜라미는 해로운 곤충이 아니라서 시골에서는 귀뚜라미를 잡아 없애지 않는다고. 잘 봐아."

"귀, 귀뚜라미라구요?"

노빈손은 그제야 안심한 듯 이장님 손을 들여다보았다.

자세히 보니 정말로 바퀴벌레와는 조금 달라 보였다. 하지만 이

제껏 귀뚜라미를 실제로 본 적이 없는 노빈손은 여전히 의심을 품고 있었다.

그러자 이장님은 노빈손을 데리고 밤새도록 귀뚜라미에 대해 설명을 해주었다.

"아~함."

나중에는 어찌나 졸음이 쏟아지는지 결국 참지 못하고 풀썩 쓰러져 자고 말았다. 그걸 모르고 신이 난 이장님은 손에 놓여진 귀뚜라미를 하나하나 살피며 설명을 계속했다. 아주 날을 잡은 것 같았다. 이장님은 조금 뒤 노빈손의 코 고는 소리를 듣고서야 말을 멈췄다.

이장님의 오해

아직 이른 시간인 것 같은데 밖이 부산했다. 노빈손은 눈을 뜨고 시계를 보았다. 하지만 주위가 어두워 시계 바늘이 정확하게 보이질 않았다.

주섬주섬 일어나서 보니 다섯 시가 조금 넘은 시간이었다.

"이장님, 벌써부터 뭘 그렇게 열심이세요?"

노빈손이 문을 열고 물었다.

"낫 가는 겨어. 이제 추수할 때도 되고 혀서 연장들 좀 손봐 두는 겨."

피곤하거나 지루할 때에는 뇌의 활동이 둔해져서 뇌에 산소가 모자라게 된다. 그래서 공기를 흠뻑 들이마셔 뇌에 산소를 공급하기 위해 하품이 나오는 것이다. 혈액 속의 산소가 별로 없고 이산화탄소가 많을 때 뇌는 이것을 알아채고 하품을 명령한다. 입을 크게 벌리고, 숨을 깊이 들이마심으로써 혈액 속에 많은 양의 산소가 공급되어 졸음과 지루함을 잊게 한다. 또 하품을 할 때에는 입을 크게 벌리게 되는데 뇌로 강한 자극이 오기 때문에 머리가 맑아진다.

숨을 내쉬거나 들이쉬는 일로 우리가 필요로 하는 산소를 받아들이고, 몸 안에 생긴 이산화탄소를 버리는 과정을 호흡이라고 한다. 입이나 코로 들어온 공기는 목구멍→기관→기관지→허파(폐)→허파꽈리로 전해진다. 허파로 들어온 산소는 우리들이 음식물에서 흡수한 영양분을 산화시켜 에너지로 변하게 하며, 이 에너지는 우리가 생활하는 데 쓰인다.

"어젯밤 소동에 잠을 못 잤을 테니 좀 더 자도록 혀유."

사모님이 열무를 다듬으며 말했다.

"젊은 사람이 잠이 많으면 못 쓰는구먼. 밥 빌어먹기 딱 좋지. 나이 드신 할머니도 벌써 일어나셨는디……."

이장님이 핀잔 섞인 몇 마디를 던졌다.

이런 소리까지 듣고 다시 이불 속으로 들어갈 강심장이 어디 있으랴.

노빈손은 울며 겨자 먹기로 이불을 갰다. 그나마 세수를 하고 나니 잠도 깨고, 기분도 상쾌해졌다.

"시골에서 맞는 가을 아침이라 그런지 개운한걸."

노빈손은 숨을 크게 들이쉬었다가 후욱 내뱉기를 반복했다.

어느새 할머니가 옆으로 와 말을 건넸다.

"나도 담배 줘어. 혼자만 피우지 말고 달란 말이여."

갑자기 할머니가 손을 내밀며 생떼를 썼다.

"할머니, 저는 담배를 피우는 게 아니라 아침 공기를 마시고 있었어요."

"뭐여? 혼자서 술을 마셨다고? 이눔아, 이 늙은이도 한 모금 줄 것이지 혼자만 그 맛있는 술을 마셨단 말이여."

할머니는 아예 지팡이로 노빈손을 칠 기세였다. 이장님이 아니었더라면 이른 아침부터 지팡이 세례를 받을 뻔했지 뭔가. 그런데 지팡이 세례를 피하긴 했지만 또 다른 오해가 노빈손을 기다리고 있었다.

"자네가 이해혀. 노인네가 정신이 오락가락하신 뒤로는 왜 그렇게 먹는 거에 집착을 하시는지 모르겄구먼. 사실 말이 나와서 말인디. 나도 나이가 들었는지 틈만 나면 배가 이것 줘유, 저것 줘유 한다니께. 요즘은 왜 그렇게 달착지근한 초콜릿인가 뭔가가 먹고 싶은지 몰러. 배에 거지가 들었는지……."

그러면서 이장님은 노빈손이 묵고 있는 방을 힐끗 쳐다보았다. 노빈손은 이장님이 왜 그러신지 몰라 멍청하니 서 있었다. 그러자 이장님이 눈치를 주었다.

"어젯밤에 보니께 초콜릿인가 무시깽인가 하는 게 한 상자나 있던디. 웬만하면 할머니 좀 나눠드리고 그랴. 뭐, 내가 먹고 싶어서 이런 말을 하는 건 아니니께 오해 말고."

초콜릿이라…….

"푸하하!"

노빈손은 갑자기 웃음을 터뜨리고 말았다. 이장님이 말하는 그 초콜릿 상자는 다름 아닌 비누통이었던 것이다. 집에서 급히 나오느라 초콜릿 상자에 빨랫비누 하나, 세숫비누 하나, 면도기를 한꺼번에 넣어 챙겨 왔는데, 이장님은 거기에 초콜릿이 들어 있다고 생각했던 모양이었다.

"웃긴 왜 웃고 그랴."

이장님은 좀 더 진지한 표정과 목소리로 말을 이었다.

"사실 사람 인심이란 게 말이여. 곳간에서 인심 날 수도 있고, 정안 되면 초콜릿 상자에서 인심 날 수도 있는 법이지. 콩 한쪽도 나

우리나라에 담배가 들어온 건 1618년, 광해군 때이다. 이때 일본을 거쳐 들어왔거나, 중국 베이징을 오가던 상인들에 의하여 도입된 것으로 추정된다. 이러한 사실은 우리나라 재래종의 품종명이 일본에서 도입된 것은 남초 또는 왜초라 하고, 베이징이나 그리스도교인에 의해 도입된 것은 서초라 부른 것을 보아 알 수 있다.

담배 연기 속에는 2천여 종의 해로운 화학 물질이 들어 있다. 암을 일으킬 수 있는 물질이 20여 종류 이상 들어 있는 담뱃진이 있는가 하면, 담배 연기 속에 들어 있는 일산화탄소는 혈액 속에 산소가 공급되는 것을 방해한다. 타고 있는 담배 끝에서 나오는 연기 속에는 담배를 피우는 사람이 직접 뿜어낸 연기보다 이러한 해로운 물질이 2~3배나 더 많이 들어 있고 농도도 높다. 따라서 담배는 피우는 사람보다 옆에서 연기를 맡는 사람에게 더 해로운 것이다.

뉘 먹으면 배부를 수 있고, 누이 좋고 매부 좋고 월매나 좋아. 옛 선조들의 가르침이 틀린 게 하나 없다니께."

"이장님, 그 그게 아니라……."

"아니긴 뭐가 아니여. 여행 다님시롱 조금씩 애껴 먹어야 된다는 건 아는디 사람 인심이 그런 게 아니지. 내가 뭐 한 상자를 다 달라고 했남. 하나만 꺼내 놔도 그게 학생의 따뜻한 마음이려니 생각하고, 어머니랑 집사람이랑 같이 나눠 먹을 겨. 안 그래, 학생?"

이쯤 되니 상황 수습이 되질 않았다. 할머니도 할머니려니와 알고 보니 이장님이 뭔가 단단히 오해를 하고 있는 모양이었다. 이장님은 계속해서 구시렁구시렁 섭섭한 마음을 드러냈다.

노빈손은 더 이상 어찌할 수가 없었다. 말로 하느니 직접 보여 드리는 편이 낫다고 생각한 것이다. 그래서 이장님의 말이 끝나지도 않았는데 후닥닥 방으로 들어갔다.

그래도 이장님의 오해는 끊임없이 계속되고 있었다.

"사람이 그렇게 살면 안 되야. 아무리 요즘 젊은이들이 이기적이고, 저만 안다고 하지만 이렇게까지 심한 줄은 몰랐구먼. 어쩌구저쩌구 이러쿵 저러쿵……."

"이장님! 이것 보세요. 사실은 여기에 초콜릿이 들어 있었던 게 아니라 이런 게 들어 있었다고요. 이제 오해 좀 풀리셨죠?"

노빈손이 맨발로 뛰어나와 초콜릿 상자를 보여 드렸다.

그러자 상자 안을 살짝이 들여다본 이장님은 계속 낫을 갈면서 말했다.

"사람이 그러면 못써. 난 학생을 그렇게 안 보았는디 고새 그걸 바꿔치기 해가지고 나와? 내가 먹고 싶어서 이러는 게 아니라니께. 정 그러면 할머니나 쬐금 드리라고."

"그건 오해라니까요."

노빈손은 이 어처구니 없는 오해를 풀 길이 없어 애꿎은 가슴만 퍽퍽 쳤다.

그때 부엌에서 밥을 짓고 있던 사모님이 밖으로 나왔다.

"아니, 총각이 초콜릿이 없다는디 왜 안 믿고 그려유? 설마하니 재워 주고 먹여 주는 우리한테 있는디도 없다고 거짓말을 하겠슈? 안 그래유, 총각?"

"그렇다니까요. 사모님이라도 제 말을 믿어 주시니 얼마나 고마운지 몰라요."

노빈손은 하마터면 눈물을 왈칵 쏟을 뻔했다.

사실 사모님도 백 퍼센트 노빈손의 말을 믿고 하는 말은 아닌 듯싶었다. 하지만 노빈손은 이쯤에서 초콜릿 사건을 매듭짓고 싶었다.

"사실 말이 나와서 말인데, 이따가 가게에 들러 뭣 좀 사다 드리려고 했어요. 경황 없이 신세를 지게 되어 제대로 고마움의 표시도 못 해서 말이에요."

"아이구, 무슨 돈이 있다고! 행여라도 음료수 한 박스 사올 생각은 말어."

사모님이 손을 내저었다.

초콜릿의 역사

초콜릿은 카카오나무의 코코아 열매로 만든 과자이다. 1519년 멕시코의 아스텍족을 정복한 에르난 코르테스가 몬테수마의 궁정에서, 맛이 쓴 코코아 열매 음료인 호코아틀을 대접받고 나서 이를 스페인에 들여왔다. 달게 만들어서 계피와 바닐라로 향을 낸 초콜릿 음료는 뜨겁게 해서 마셨으며, 프랑스에 소개되기 전까지 거의 100년 동안 스페인의 비밀로 남아 있었다.

단것을 많이 먹으면 이가 나빠진다는 사실은 누구나 잘 알고 있다. 그러나 단것을 많이 먹으면 눈도 나빠진다는 것은 잘 모르고 있다. 흔히 근시가 되는 원인은 텔레비전을 가까이 본다든지 유전에 의한 것이라고 알려져 있는데, 그것도 맞는 사실이지만 그외에도 단것을 많이 먹으면 눈이 나빠진다고 한다. 단것을 많이 먹으면 비타민 B가 많이 소모되어 눈의 기능이 약해지기 때문인 것이다.

상황이 여기까지 이르러 생각해 보니 너무한 것 같기는 했다. 그래서 노빈손은 쏜살같이 밖으로 뛰어나갔다. 구멍가게는 마침 회관 옆에 있었다.

노빈손은 주머니에 꿍쳐 두었던 돈의 일부를 털어 음료수 한 박스를 샀다. 그리고 다시 쏜살같이 이장님 댁으로 갔다.

"뭐, 이런 걸 사오고 그랴."

"아이고, 내가 사오지 말라고 그랬잖여."

이장님과 사모님은 내심 기쁘면서도 마지못해 받는다는 시늉을 했다.

메뚜기 사냥

아침밥을 먹자마자 이장님 부부는 들로 나갈 채비를 했다.

"여기저기 댕겨 봐. 듣자 하니 시인들은 별의별 걸 다 시로 쓴다더구먼. 밥을 가지고도 시를 쓰고, 꽃을 가지고도 시를 쓰고, 심지어 사람 오장육부를 가지고도 시를 쓴다던데… 시골에 좀 볼 게 많어야지."

"그러다 하루에 시집 한 권 내는 거 아니여?"

이장님 부부는 집을 나서며 농담처럼 몇 마디 건넸다. 그랬다. 노빈손이 생각하기에도 시골에는 온통 글감이었다. 게다가 가을이지 않은가. 시를 쓰기에 딱 좋은 가을.

노빈손은 이장님 부부의 말대로 메모지와 펜을 들고 밖으로 나갔다. 산과 들이 온통 울긋불긋 황금 물결이었다.

은행나무, 밤나무, 단풍나무, 감나무, 산을 지키고 있는 온갖 나무들, 그리고 논에 고개 숙인 벼가 온통 황금 물결을 이루고 있었다.

"오메, 단풍 들었네!"

노빈손은 자신도 모르게 감탄사가 튀어나왔다. 황금읍의 빛나리라는 마을 이름이 딱 어울리는 풍경이었다.

마을 이곳저곳을 걸으며 틈틈이 메모를 해나가던 노빈손의 눈에 아이들이 들어왔다. 풀밭에 옹기종기 모여 있는 아이들에게 가까이 가보니, 아이들은 불을 피워 놓고 무언가를 열심히 하고 있었다.

"애들아, 너희들 지금 뭐 하는 거니?"

노빈손이 넌지시 물었다. 그러자 아이들이 낯선 사람에게 보이는 경계의 눈빛을 보냈다.

노빈손은 잔뜩 어깨에 힘을 주고 헛기침을 몇 번 했다.

"애들아, 난 나쁜 사람이 아니야. 흐흠, 너희들 시가 뭔 줄 아니? 예술이 뭔지 알아? 이 예술이란 게 말야, 뭐랄까~ 하긴 너희들은 얘기를 해도 모르겠다. 어쨌거나 이 형은 말야, 시를 쓰는 사람이야. 세상을 깜짝 놀라게 할 만한 시를 쓰려고 서울서 내려왔지."

"그럼 형이 시인이에유?"

한 아이가 물었다.

가을이 되면 왜 나뭇잎이 떨어질까?

참나무, 밤나무와 같은 활엽수의 나뭇잎들은 대개 가을이면 시들어 떨어지기 때문에 낙엽수라고도 부른다. 이 나무들의 나뭇잎에 있는 엽록체에서는 뿌리에서 빨아올리는 물과, 공기 안에 있는 이산화탄소, 그리고 태양 에너지의 힘으로 광합성 작용을 해 양분을 만든다. 하지만 겨울에는 차갑고 건조해진 땅속에서 뿌리가 물을 빨아올리기 어렵고 해가 짧아져 태양 에너지를 얻는 시간도 부족해 결국 나무는 더 이상 광합성 작용을 하지 못해 쓸모없이 된 나뭇잎을 떨어뜨려 힘겨운 겨우살이를 대비하는 것이다.

침은 '침샘'이라는 기관에서 분비된다. 침샘은 음식물이 입안으로 들어오면 제 스스로 침을 낸다. 하지만 그외에도 뇌에서 지시가 내려지면 먹을것이 없어도 침이 나오게 되어 있다. 침샘은 해야 할 작업의 종류에 따라 침의 종류와 양을 자동으로 조절해서 내보낸다. 물기가 많은 사과를 먹었을 때는 침을 조금만 내보내고, 물기가 적은 과자 종류를 먹었을 때는 침을 많이 내보내는 것이다.

"그렇지, 바로 그거야. 니가 뭘 좀 아는구나. 그건 그렇고 지금 뭐 하는 거냐?"

노빈손은 아이들 사이를 비집고 연기가 나는 쪽을 바라보았다.

"메뚜기 구워먹고 있었슈."

코 밑이 시꺼먼 아이가 말했다.

"뭐! 메뚜기를 구워?"

노빈손의 얼굴이 환하게 밝아졌다.

'햐아, 말로만 듣던 메뚜기 구이. 그것을 여기서 맛보게 될 줄이야.'

입안에 침이 고였다. 입맛을 쩝쩝 다시며 메뚜기가 구워지길 애타게 기다리던 노빈손.

"다 익었다!"

불을 이리저리 뒤척이던 아이가 소리쳤다.

그때였다.

"너 혼자서 다 먹을 참이여!"

"저리 좀 비켜!"

순간 아수라장이 되며 아이들이 아웅다웅 자리 다툼을 하는가 싶더니 어느새 고소하게 구워졌던 메뚜기들이 하나도 보이질 않았다. 눈에 보이는 것은 저마다 입을 오물거리는 아이들의 모습뿐이었다.

"어어… 나도 좀 줘!"

노빈손은 혼잣말인 듯 작은 목소리로 말했다. 너무 순식간에 일어난 일인지라 노빈손이 손을 써볼 여유조차 없었다. 그저 아이들의 입을 바라보며 입맛만 다실 뿐이었다.

"되게 맛있네, 헤헤."

코 밑이 시커먼 아이가 노빈손을 보며 손을 툭툭 털었다.

'으이구, 저걸!'

노빈손은 아이의 머리를 콕 쥐어박아 주고 싶었다. 하지만 메뚜기 구이 때문에 자신의 체면을 버릴 수는 없는 노릇이었다. 그래도 메뚜기 구이에 대한 미련을 떨칠 수는 없었다. 그때 좋은 생각이 떠올랐다.

"애들아, 이 형이 방금 메뚜기 구이에 대한 시상이 떠올랐거든!"

"메뚜기 구이를 시로 쓴다구유?"

"이히히히. 헤헤헤헤."

아이들은 무슨 재미있는 일이라도 생긴 것마냥 깔깔거렸다.

"애들아, 훌륭한 시인은 무엇이 되었든 간에 그것을 시로 승화시켜야 하는 거란다. 그게 바로 시인의 의무이자, 창작의 고통이지."

노빈손은 목에 힘을 빡 주며 말했다. 그러자 아이들은 키득키득 속웃음을 지었다.

"아무래도 메뚜기 구이를 먹어야 구체적인 그림이 그려질 것 같은데… 형 좀 도와주지 않을래?"

"알겠시유. 따라오셔유."

아이들이 우르르 뛰기 시작했다.

얼떨결에 노빈손도 아이들을 따라 뛰었다.

오늘날처럼 과자나 음료수같이 먹을것이 많지 않았던 옛날에는 주로 자연에서 간식을 얻었다. 개구리를 잡아 불에 구운 개구리 뒷다리 구이, 메뚜기 구이, 참새 통구이 그리고 콩을 통째로 구워 살살 까먹었던 콩 구이, 산딸기, 찔레, 오디 등이 바로 옛날 사람들의 간식이었다.

메뚜기 재앙

간혹 세계 곳곳에서 한떼의 메뚜기들이 농경지에 날아와 수확 직전의 곡식들을 먹고 농경지를 폐허로 만들고 사라진다. 1억 5천 마리가 한꺼번에 날아와 큰 피해를 당한 페루에서는 메뚜기 퇴치를 위해 메뚜기 퇴치 전담 기구까지 설치해, 군용 헬기를 동원해 공중에서 살충제를 뿌리기도 하고 화염방사기와 연기 소독 장비 등으로 소탕작전을 펼치고 있다. 중국에서는 오리 특공대를 조직해 호루라기 소리에 맞춰 메뚜기를 닥치는 대로 잡아먹을 수 있도록 오리들을 훈련시키기도 하는 등 대책을 세우고 있다.

아이들은 논두렁으로 들로 뛰어다니며 메뚜기를 잡기 시작했다.

"잡았다!"

"나도!"

여기저기서 아이들의 목소리가 터져 나왔다.

그런데 아무리 보아도 노빈손의 눈에는 메뚜기가 보이질 않았다. 메뚜기가 어떻게 생겼는지 익히 알고는 있었지만 막상 찾아내려니 이게 메뚜기인지, 벌레인지 도무지 분간이 가질 않는 것이다.

게다가 책이나 인터넷에서 보았던 메뚜기는 푸른색이었는데, 주위에는 누리끼리한 벌레들이 이리 뛰고, 저리 뛰어다녔다.

"얘들아, 어떤 게 메뚜기니?"

노빈손은 자존심을 꺾고 아이들에게 물었다. 그러자 이번에도 아이들은 노빈손을 비웃듯 키득거렸다.

"무슨 시인이 그것도 몰라유. 이게 메뚜기지 뭐예유."

코 밑이 시커먼 아이가 손에 쥐고 있던 메뚜기를 노빈손에게 내밀었다.

"메뚜기는 푸르스름하게 생기지 않았니?"

"아이 참. 메뚜기는 봄, 여름에는 푸른색이었다가 가을이 되면 이렇게 변해유."

"아아, 그렇지."

노빈손은 마치 알고 있던 것을 잠깐 까먹었다는 듯이 말했다. 그건 그렇고 이제 어떤 게 메뚜기인지 알았으니 부지런히 잡아야 하는데, 그게 또 쉬운 일이 아니었다. 메뚜기가 어찌나 빠른지 살금

살금 다가가 손을 뻗으려고 마음만 먹어도 다른 곳으로 톡톡 튀어 갔기 때문이다.

노빈손은 튀어 다니는 메뚜기를 따라다니다 보니 어느새 남의 논 한 가운데에 들어가 있었다.

그때였다.

"거기 누구여! 누가 남의 다 된 농사를 망쳐 놓는 거?"

웬 아주머니가 소리를 지르며 노빈손에게 달려왔다.

"이크! 큰일났네."

순간 노빈손도 사태의 심각성을 깨달았다. 다른 아이들은 벼를 망가뜨릴까 봐 논에는 들어가지 않고, 논두렁이나 풀밭에서 메뚜기를 잡고 있었던 것이다.

결국 노빈손은 아주머니에게 호되게 야단을 맞고 말았다.

"후유~."

노빈손이 한숨을 내쉬자 한 아이가 다가왔다.

"아무래도 형은 안 될 것 같으니께 그냥 쉬세유. 우덜끼리 잡을 께유."

쬐그만 아이에게 이런 말을 들으니 자존심이 이만저만 상하는 게 아니었다. 그렇다고 잡겠노라며 어깃장을 놓기도 힘든 일이었다. 그러다가 해질 때까지 한 마리도 못 잡으면 그거야말로 집안 망신이 될 수도 있는 노릇이었기 때문이다.

이때 노빈손에게 좋은 생각이 떠올랐다.

"형도 메뚜기를 잡을 수는 있어. 그런데 형은 메뚜기 잡는 일보

메뚜기 떼가 번성하는 이유는 건조한 날씨가 주요 원인으로 추정되고 있다. 기온이 높고 비가 적은 탓에 메뚜기 유충의 생존율이 높아졌다는 것이다. 환경보호론자들은 산업발달로 인해 발생되는 환경오염과 산림 황폐화, 그리고 해수면 온도 상승으로 나타나는 엘니뇨 현상이 기후 변화를 가져왔다고 한다.

메뚜기는 지구상에 1만 5천여 종이 있는 것으로 알려져 있으며 대개 열대 지방에 서식하고 있다. 이동성 메뚜기들은 수십 종이 있는데 아프리카 메뚜기가 대표적이다. 아프리카 메뚜기들은 주로 아프리카 대륙의 중부와 동북부 지역에 살고 있다가 기후조건이 적절해지면 수가 급격히 증가해 중동지방을 거쳐 인도까지 이동하기도 한다. 10억 마리에서 심지어 100억 마리까지 떼를 지어 집단으로 이동한다. 시속 16km의 속도로 300km까지 날 수 있는 능력을 지녔다고 기록되어 있다.

다 더 급한 일이 있단다. 바로 시를 쓰는 일이지. 너희들이 들판을 뛰어다니며 메뚜기 잡는 모습을 보니 시가 마구마구 떠오르는구나. 그러니 형 방해하지 말고 너희들은 메뚜기나 잡으렴."

아이들은 아무 대꾸 없이 고개만 갸웃거리더니 다시 메뚜기 잡기에 나섰다.

노빈손은 그럴싸하게 핑계를 댄 것 같아 기분이 괜찮았다.

"그러고 나니 정말로 시상이 떠오르는걸."

노빈손은 바지 뒷주머니에서 메모지를 꺼냈다. 그리고 숨을 깊이 들이쉬었다 내쉰 뒤 한 줄 한 줄 적어 내려갔다.

팔딱팔딱 뛰는 메뚜기와 아이들

서로서로 정답구나.

타닥타닥 타는 장작불

고소한 메뚜기 구이 냄새

아이들 얼굴 가득 웃음 번지네.

누런 들판 황금 물결

아아, 내 마음도 누릇누릇 무르익네.

"뭔가 좀 되는걸."

노빈손은 혼자말을 하며 메모지를 넘겼다.

그렇게 저렇게 시간을 떼우고 있었더니 아이들이 양 손 가득 메뚜기를 잡아왔다. 노빈손은 아이들보다 신이 나서 메뚜기를 구웠

다. 그리고 메뚜기 구이를 먹으며 아이들에게 자신의 시를 읊어 주었다.

코스모스 한들한들 피어 있는 길

아이들과 한바탕 어울리고 난 노빈손은 혼자만의 시간을 갖기로 했다. 코스모스가 줄지어 피어 있는 길을 걸었다.

하늘하늘 가는 몸에 하양, 자주, 분홍빛을 띤 코스모스 풍경은 그대로 한 폭의 그림이었다.

노빈손은 잘하지도 못하는 노래를 흥얼거렸다.

"코스모스 한들한들 피어 있는 길~ 향기로운 꽃 냄새가 피어납니다~."

그는 잠시 걸음을 멈추고 코스모스 향기를 맡았다.

"으흠~ 향기로워라."

그때 눈앞에 꿀을 따고 있는 벌이 있었다. 꿀벌은 코스모스 꽃 수술 위에서 바쁘게 움직였다. 노빈손은 벌 쪽으로 얼굴을 숙였다. 자세히 보니 벌의 다리에 노란 가루가 묻어 있었다.

"이거였구나!"

노빈손의 입에서 혼자말이 툭 튀어나왔다. 다름 아니라 초등학교 때부터 과학 시간에 배웠던 것이 생각났기 때문이다. 꽃들은 나비나 벌에 의해서 꽃가루가 전해져 씨를 맺는다는 사실 말이다.

식물은 거의 다 암수로 분리되어 있지 않으며 스스로 수정을 한다. 꽃 속에서 자란 씨와 꽃가루가 수정의 주체. 꽃에는 꽃가루주머니라고 하는 작은 자루와 씨방으로 이루어진 암술이 있다. 꽃가루가 암술 위에 닿으면 수정이 이루어지는데, 꽃가루 세포가 씨방으로 들어가서 난세포를 만든다. 이런 과정을 거쳐 새로운 씨가 생긴다. 이때 꽃가루를 암술로 옮겨 주는 도우미가 곤충이나 바람 등이다.

카메라의 원리를 파헤쳐라

카메라는 사진을 찍는 기계이다. 카메라의 효시는 메라 옵스큐라로서, 이것은 한쪽 벽면에 구멍(나중에 렌즈로 발전함)이 나 있는 암실 혹은 어두운 방으로, 그 구멍을 통해 방 바깥쪽 물체들의 영상이 반대쪽 벽에 투사되었다. 그 원리는 고대로부터 내려온 것이며 18세기경에는 자연의 영상을 정확하게 본 뜨기 위해 예술가들 사이에서 다양한 종류의 카메라 옵스큐라가 흔히 사용되었다.

파르르 윙윙~.

갑자기 꿀벌이 작은 날개를 파닥이며 다른 꽃으로 옮겨 갔다. 순간 노빈손은 이 장면을 카메라로 찍어 놓고 싶다는 생각이 들었다. 하지만 그럴 수 없다는 걸 누구보다 잘 알고 있었다.

여행에 있어 빼놓으면 안 될 카메라를 급하게 나오느라 챙겨 오지 못했던 것이다.

노빈손은 양 손의 엄지손가락과 검지손가락을 맞대어 네모 모양을 만들었다. 그리고 그 네모 모양을 멀찌감치 뻗으며 한쪽 눈을 감았다.

"코스모스 한 다발이 내 손 안으로 들어왔다."

노빈손은 마치 음유시인이라도 되는 양 중얼거렸다. 그러면서 꿀을 따고 있는 벌에게로 손가락을 가까이 갖다 댔다.

"크아~ 환상이다!"

연신 감탄사가 튀어나오는 것을 주체할 수 없었다.

그때였다.

"아얏!"

노빈손은 코를 움켜쥐었다.

자연의 신비 앞에 정신이 팔려 있는 사이, 꿀벌이 노빈손의 코를 쏘고 도망간 것이다. 처음엔 따끔하기만 했는데 갈수록 욱신거리다가 조금 있자니 후끈후끈했다. 게다가 나중엔 코가 부어오르는지 얼얼해서 참을 수가 없었다.

노빈손은 얼른 이장님 댁으로 달려갔다.

마침 할머니가 마당에 널어 놓은 고추 꼭지를 따고 있는 게 보였다.

"할머니, 벌한테 쏘였어요!"

노빈손은 할머니를 보자 왈칵 눈물이 쏟아질 것 같았다. 최대한 콧소리를 섞어 다시 한번 말했다.

"할머니, 벌한테 코를 쏘였어요. 잉잉."

"벌이 코를 먹었다구? 그놈이 나는 안 주고 또 혼자서 먹었구먼."

할머니의 동문서답은 여전했다.

노빈손은 어찌할 바를 몰라 코를 쥐고 안절부절못했다.

"벌써 들어왔구먼."

때마침 이장님 부부가 점심식사를 하러 들어왔다.

일벌들 중에서 꿀을 모으는 일벌들은 꿀을 발견하면 곧 벌집으로 돌아온다. 그리고 꿀을 따느라 몸에 묻은 꽃가루의 냄새를 풍기기 위해 춤을 춘다. 허공에서 자그마한 동그라미를 그리며 춤을 추면 벌집에 있던 다른 일벌들이 춤출 때 풍기는 꽃가루 냄새를 따라 꿀을 따러 가게 되는 것이다. 이 춤은 약 100m 이내에 꽃이 있다는 것을 알려 주는 동작인데, 특히 활발하게 춤을 추면 꿀이 매우 많다는 뜻이다. 8자로 춤을 추면 꿀이 먼 곳에 있다는 신호이다.

한바탕 응급처치를 끝낸 이장님 부부는 부랴부랴 점심식사를 하시곤 다시 들로 나갔다. 온갖 소란을 떨어서 진이 다 빠진 노빈손은 오후에는 집에서 쉬기로 마음 먹었다.

국화 옆에서

이장님 댁의 뜰에는 울긋불긋 많은 꽃이 피어 있었다.

맨드라미, 국화, 과꽃, 달리아…….

그중에서 노빈손의 눈을 사로잡는 꽃이 있었으니, 그것은 바로 집 울타리에 줄지어 피어 있는 국화였다. 튼튼한 줄기에 희고 노랗게 달린 꽃송이들은 탐스럽기 그지없었다.

"국화라… 가을엔 뭐니뭐니 해도 국화를 빼놓을 수 없지."

노빈손은 지그시 눈을 감았다.

"아~ 국화를 보니 시 한 수가 떠오르는군."

노빈손은 자신이 처음이자 마지막으로 외우고 있는 시를 상기했다. 그는 목소리를 나지막이 깔고, 아주 진지한 자세로 읊조렸다.

한 송이의 국화꽃을 피우기 위해……

"잘 생각이 안 나는군."

노빈손은 머리를 긁적이며 아쉬워했다. 그러다 문득 고등학교

때 배운 릴케의 '가을날'이 떠올랐다.

가을날

주여, 때가 왔습니다. 지난여름은 참으로 길었습니다

해시계 위에 당신의 그림자를 얹으십시오

들에다 많은 바람을 놓으십시오

마지막 과실들을 익게 하시고,

이틀만 더 남국의 햇볕을 주시어

그들을 완성시켜, 마지막 단맛이

짙은 포도주 속에 스미게 하십시오

지금 집이 없는 사람은 이제 집을 짓지 않습니다

지금 고독한 사람은 이 후로도 오래 고독하게 살아

잠자지 않고, 읽고, 그리고 긴 편지를 쓸 것입니다

바람에 불려 나뭇잎이 날릴 때, 불안스러이

이리저리 가로수 길을 헤맬 것입니다

노빈손은 그만 시에 취하고 말았다.

"이리저리 가로수 길을 헤맬 것입니다."

"뭐여? 누가 헤맨다고?"

가을 햇빛은 너무 강렬해 가끔 옷이나 물건들의 색이 바랠 때가 있다. 흔히 탈색되었다고 말하는데 탈색이 잘 되는 색이 있다. 빨강, 주황, 파랑, 노랑 순으로 잘 바래고 검정색은 탈색이 잘 되지 않는다. 또한 물질에 따른 탈색 정도는 종이류, 섬유류, 비닐류의 순이다. 탈색을 막는 가장 좋은 방법은 니스, 양파즙, 마늘즙, 입술연고 등을 발라 주는 것이다. 차광용 커튼을 설치할 때도 탈색이 잘 되는 빨강색이나 주황색 천을 사용하지 않는 것이 좋으며 검정색 계통을 사용하는 것이 좋은 방법이라 하겠다.

넓은 의미의 음치는 음악적, 청각적 능력에 결함이 있는 것을 뜻한다. 일반적으로는 노래를 부를 때 유난히 음정을 잡지 못하는 사람을 가리킨다. 음치는 감각적 음치와 운동적 음치로 나눌 수 있다. 감각적 음치는 청각능력에 관계되는 것으로서, 음의 고저·강약·장단·화음·리듬 등을 정확하게 인식하지 못하는 것이다. 운동적 음치는 재생하는 능력, 즉 인식한 음을 소리 또는 악기로 재현하지 못하는 것을 말한다.

이번에도 분위기를 깬 것은 할머니였다.

노빈손은 한숨을 내쉰 뒤 고개를 절레절레 흔들었다.

"헤매긴 누가 헤맨다고 그러세요."

"방금 누가 헤맨다며?"

"할머니! 제발 저 좀 그냥 놔두세요. 제가 좀 울적해서 시 한 수 읊어 본 거라구요."

노빈손의 목소리는 한 옥타브 올라가 있었다. 화가 난다고 해서 치매 걸린 할머니에게 화를 낼 수는 없는 일. 그저 마음을 꾹꾹 진정시키며 대답할 수밖에.

이런 마음을 아는지 모르는지 할머니는 한 술 더 떴다.

"시? 나도 시에 대한 노래를 아는 게 좀 있는디."

할머니는 씨익 웃더니 신이 나서 노래를 부르기 시작했다.

"시, 시, 시자로 시작된 말은~ 시아버지, 시어머니, 시아주버님, 시누이, 시안방, 시건넌방, 시강아지, 시마당, 시고추……."

이럴 수가!

할머니는 마치 시댁 식구에게 한이 맺힌 듯 모든 것에 '시'자를 붙여서 노래를 했다. 게다가 할머니는 정말 음치였다. 아니 음치에 박치까지 겹친 것 같았다. 음까지 엉망진창이다 보니 정말이지 도저히 들어줄 수가 없었다. 여기서 말리지 않으면 해가 저물도록 노래가 그치지 않을 것 같았다.

"하… 할머니, 제발 그만하세요."

노빈손은 최대한 불쌍한 표정을 지으며 간절히 빌었다. 하지만

할머니는 아랑곳하지 않았다.

"으으, 차라리 먹는 걸 밝히시는 게 낫군. 노래는 도저히 못 들어 주겠어!"

급기야 노빈손은 귀를 틀어막고, 대문 밖으로 뛰어나갔다.

"후유~ 이제 좀 살 것 같군."

노빈손은 주머니에 손을 찔러 넣고 터덜터덜 걸었다. 딱히 갈 곳도, 가고 싶은 곳도 없었기에 발걸음에는 힘이 없었다. 그렇다고 집으로 다시 들어갈 수는 없는 일. 노빈손은 정처 없이 걷고 또 걸었다.

"오늘은 대체 왜 이러지?"

노빈손은 벌에 쏘였던 코를 문지르며 투덜거렸다.

그때 느닷없이 비가 쏟아졌다.

"에잇! 날씨마저 내 편이 아니군."

노빈손은 투덜거리며 하는 수 없이 이장님 댁으로 내달렸다.

가을은 남자의 계절

금세 그칠 소나기인 줄 알았는데 비는 계속해서 내렸다. 며칠 전만 해도 늦더위가 기승을 부리더니 가을 장마가 시작된 모양이었다. 이장님과 사모님도 들일을 제쳐놓고 집으로 돌아왔다. 비는 밤새도록 내렸다. 다음 날도, 그다음 날도 계속해서 주룩주룩 내렸다.

빈대떡은 녹두가루로 전을 부쳐 만든 음식이다. 빈자떡, 막부치, 지짐이 등으로도 부른다. 잔칫 날에 빼놓을 수 없는 음식으로 만드는 방법은 고장마다 조금씩 다르나 일반적인 방법은 먼저, 녹두를 미지근한 물에 2~3시간 정도 불린 후, 손으로 비벼 껍질을 벗긴다. 벗긴 껍질은 믹서나 맷돌에 간다. 녹두 간 것에 돼지고기, 쇠고기, 배추김치 등 양념한 것을 섞고, 소금으로 간을 맞춘 후 프라이팬에 놓고 파나 실고추를 얹어 지진다.

“가을비라……”

노빈손은 왠지 마음이 싱숭생숭했다. 그래서 며칠 동안 밤마다 잠을 설쳤다. 비 때문에 일손을 놓고 집에만 계시는 이장님도 마찬가지인 듯싶었다.

어느 날, 점심을 먹고 난 뒤였다.

노빈손은 사모님을 도와 마루에서 고추 손질을 하고 있었다.

“비도 오는디, 빈대떡이나 부쳐 먹을까?”

“좋죠!”

노빈손이 기다렸다는 듯이 소리쳤다.

“어이구, 총각이 빈대떡이 꽤나 먹고 싶었나벼.”

사모님이 빙그레 웃었다.

“비가 오면 왜 빈대떡 생각이 더 나는지 몰러.”

이장님도 방문을 열고 한마디 거들었다. 누구보다 빈대떡을 반긴 것은 할머니였다. 조그맣게 얘기해도 할머니는 먹는 거에 관한 얘기라면 잘 들으시는 것 같았다.

“빈대떡 이야기 안 꺼냈으면 섭섭해할 사람들 많았겠구먼유.”

사모님이 농담을 하며 부엌으로 들어갔다.

조금 있자 빈대떡 냄새가 집 안 가득 번졌다.

할머니는 아예 부엌에 쭈그리고 앉아 빈대떡을 야금야금 떼어 먹고 있었다. 노빈손도 먹고 싶은 마음이 굴뚝같았지만 체면도 있고 해서 참았다.

“가을비에 대해 시나 좀 써야겠군.”

노빈손은 방에 배를 깔고 엎드려 생각에 잠겼다. 그런데 빈대떡 냄새 때문인지 집중이 되질 않았다.

"아아… 또 창작의 고통이 밀려오는군."

노빈손은 메모지를 사정없이 구겼다. 그리고 다시 시 창작에 열중하려는 순간이었다.

"에헴! 좀 들어가도 되겠나? 아니믄 말구."

이장님이 방문을 열고 물었다.

"아, 아니, 들어오세요. 저한테 무슨 하실 말씀이라도……."

말이 끝나기도 전에 이장님은 노빈손 앞에 와 앉아 있었다. 그리고 잠시 머뭇거리며 방 안을 두리번거렸다.

"이장님, 무슨 일 있으세요?"

"으응, 저… 저것 좀 빌려줄 수 있겠나?"

이장님이 가리킨 것은 벽에 걸린 바바리코트였다. 노빈손이 훔쳐 오다시피 했던 아빠의 바바리코트. 사실 큰 맘 먹고 가져오긴 했지만 구겨지거나 더럽혀질까 봐 금이야 옥이야 아껴 두던 차였다. 그런데 그 바바리코트를 이장님이 노리고 계셨을 줄이야.

"왜? 안 되겠어? 보아하니 학생이 안 입는 것 같아서… 사실 옷이란 게 입으라고 있는 거지 모셔 두라고 있으면 신주 단지게. 안 그랴? 가을엔 역시 저런 옷이 최고여. 영화에서도 가을이 되면 주인공이 꼭 저런 옷을 입고 나오더구먼. 내가 꼭 입어 보자는 건 아니고, 그냥 비도 오고 하니 읍내에 마실이나 가볼까 혀서……."

"그, 그러세요, 이장님!"

코가 막히면 음식 맛이 없을까?
음식물은 입으로만 맛을 느끼는 것이 아니다. 다시 말해 음식의 맛은 눈으로 보고, 코로 냄새 맡고, 입으로 먹을 때 제맛이 나는 것이다. 실제로 우리의 혀가 느낄 수 있는 맛은 단맛, 짠맛, 쓴맛, 신맛. 이 네 가지의 기본적인 맛뿐이라고 한다. 우리가 음식물의 독특한 향기를 느끼는 것은 음식을 먹고 있는 동안 그 냄새가 코로 들어오기 때문에 가능한 것이다.

71

비늘 구멍에 황소바람 들어온다
는 말이 있다. 좁은 구멍으로 들
어오는 바람은 정말 유난히 센
거 같다. 왜일까? 19세기 초 프
랑스의 과학자 베르누이는 통로
가 좁은 곳을 통과하는 공기는
통로가 넓은 곳을 지나는 공기
보다 속도가 빨라진다는 것을
발견했다. 이것은 공기뿐만 아
니라 모든 유체에서 마찬가지
다. 물뿌리개나 샤워기는 바로
이 원리를 이용한 것이다. 넓은
곳을 통과하던 공기분자들은 갑
자기 통로가 좁아지면 서로 먼
저 통과하려고 아우성치게 된
다. 이 때문에 그 속도가 빨라지
고 세차지는 것이다.

노빈손이 이장님의 말을 막았다. 여기서 막지 않으면 이장님의 사연을 하루 종일이라도 듣고 있어야 할 것 같아서였다.

"참말로 고마워."

이장님은 벽에 걸린 바바리코트를 꺼내들었다. 그때 사모님이 빈대떡을 들고 들어왔다.

"당신 뭐 하는 거여유?"

"암것도 아니여. 난 일이 좀 있어서 이만."

이장님은 쏜살같이 밖으로 나갔다.

"워딜 가는규? 빈대떡 안 드슈?"

사모님이 물었지만 이장님은 이미 바바리코트를 입고 대문을 나선 뒤였다.

"저 양반이 바람이 났나. 왜 총각 옷을 껴입고 나가는 겨?"

"읍내에 마실 가신대요."

"뭐여? 읍내에 마실을?"

사모님은 빈대떡 접시를 팽개치다시피 내려놓고 후닥닥 밖으로 나갔다.

"이봐유~ 이봐유~ 아이고, 저 양반이 또 바람이 났나 보네 그려."

사모님은 비를 맞으며 절규했다.

알고 보니 이장님은 가을을 무척 타는 분이었다. 가을만 되면 읍내에 있는 꽃다방의 순정이라는 아가씨를 보러 간다고 했다. 그 아가씨가 이장님의 첫사랑과 무척 닮았다나 뭐라나. 그래서 사모님

은 이맘 때만 되면 속이 새까맣게 타다 못해 숯검댕이가 되곤 한단다.

"역시 가을은 남자의 계절이군!"

노빈손도 머리 속으로 고상해를 떠올렸다. 그런데 생각이 곁다리를 쳐 말숙이까지 떠오르지 뭔가.

"으으… 아니야, 아니야!"

노빈손은 고개를 절레절레 내저었다. 왜냐하면 말숙이가 사모님처럼 노빈손에게 바가지를 긁는 장면이 떠올랐기 때문이다.

"기필코 나는 걸작을 써서 돌아갈 거야. 아암, 그렇고 말고!"

노빈손은 고상해를 떠올리며 다시 한번 다짐했다.

73

바바리코트의 원래 이름은 '트 렌치 코트'이다. 이것은 1차 세 계대전 당시 영국군의 장교용 레인 코트에서 유래되었다. 트 렌치 코트는 소매가 넓고 손목 부분은 어떤 상황에서도 걸리적 거리지 않고 재빨리 총을 쏠 수 있도록 고안되었다. 정통 트렌 치 코트의 쇠고리 장식 역시 수 류탄을 걸 수 있도록 만들어진 것이다.

며칠 동안 쏟아진 비로 기온이 뚝 떨어졌다.

"에취! 에취!"

이장님은 꽃다방에 다녀온 뒤로 독감에 걸려 집 안에 누워만 있었다. 사모님의 잔소리는 며칠 동안 계속되었다. 노빈손은 시 창작을 핑계로 그 자리를 지키지 않아도 되었다.

차가운 바람이 제법 불어왔다. 노빈손은 아빠의 바바리코트를 입고 한껏 분위기를 냈다. 깃을 올려 세우고, 주머니에 손을 찔러 넣고, 약간 고개를 숙인 채 저수지 둑을 걷기도 했다.

수확의 기쁨

'오늘도 늦으시나 보네. 점심 드신 지 한참 지나서 시장하실 텐데.'

농촌 일상을 지켜보니 그동안 반찬투정 하고, 음식을 마구 버리고 했던 자신이 너무나 부끄러웠다. 한톨의 쌀을 키우기 위해 날이 밝기도 전에 들에 나가 뙤약볕 아래서 힘들게 일하시고 해가 떨어져서야 돌아오시는 이장님 내외분을 뵈니 얼마나 자신이 철이 없었나 하는 생각이 들었다.

'나도 밥값은 해야지. 한심한 놈 맨날 늦잠에… 안 되겠다. 막걸리라도 가지고 직접 나가 봐야지.'

미안한 생각에 노빈손은 막걸리를 한 주전자 들고 산 밑에 있는 감밭으로 향했다.

“아이 무거워. 팔 빠지겠네. 목도 마르고.”

막걸리는 생각보다 꽤 무거웠다. 지치고 갈증이 난 노빈손은 손에 들고 있는 막걸리를 한 모금 마셨다.

“햐, 시원하다.”

의외로 꿀맛이었다. 노빈손은 주전자를 입에 대고 벌컥벌컥 들이켰다. 온몸이 노곤노곤해지고 기분이 알딸딸한 게 괜찮았다.

“좋다. 이태백 안 부럽다. 청산리 벽계수야. 쉬이간들 자랑 마라! 딸꾹, 이건 황진인가? 남의 시라 헷갈린다. 딸꾹.”

노빈손은 절로 나오는 노랫가락을 흥얼거리며 길이 보이는 대로 휘적휘적 걸어갔다. 이리 비틀 저리 비틀 다리에 힘이 풀리고 자꾸만 다리가 지 마음대로 휘청거렸다.

“감나무 밭이 이렇게 멀었나? 이상하다. 딸꾹!”

정말 이상했다. 가도가도 감나무 밭은 나타나지 않고 자꾸만 산들이 이리저리 옮겨 다니고, 나무들이 노빈손에게 달려들었다가는 사라지고 달려들었다가는 사라지고 하는 것이었다. 그뿐이 아니었다.

“어 이상하다. 딸꾹! 논바닥이 자꾸 위로 올라오네? 어, 어 위험해, 저리 가란 말이야! 딸꾹!”

논바닥을 밀어내던 노빈손은 결국 논바닥 위에 엎어지고 말았다. 엎어지자마자 노빈손은 코를 골아대기 시작했다.

“드르렁 드르렁 음냐 음냐……”

어찌나 소리가 큰지 논이 다 쩌렁쩌렁 울렸다.

막걸리라는 명칭은 마구 걸렀다는 뜻에서 유래한 듯하다. 막걸리는 지방 방언으로 대포, 막걸리, 모주, 왕대포, 젓내기술(논산), 탁배기(제주), 탁주배기(부산), 탁주(경북)라는 이름으로도 불린다.
찹쌀, 맵쌀, 보리, 밀가루 등을 쪄서 누룩과 물을 섞어 발효시킨 한국 고유의 술로 빛깔이 뜨물처럼 희고 탁하며, 6~7도로 알코올 성분이 적다.

75

좋은 감 고르는 방법

감을 고를 때 꼭지 부근이 찌그러져 있는 것은 맛이 별로 없다. 머리 부분이 모양새 좋게 쭉 빠진 것은 씨가 골고루 박혀 있기 때문으로 맛도 좋다. 윗부분의 움푹 들어간 부분에 칼을 대면 씨를 건드리지 않고도 자를 수 있다. 그리고 껍질은 얇게 깎으면 단맛이 달아나지 않는다.

탈탈탈탈탈탈탈.

경운기 소리가 요란하게 들려왔다.

노빈손의 눈이 번쩍 떠졌다. 얼마나 지났을까?

"어? 내가 왜 여기 있지? 여기서 뭐한 거야?"

이상하게 머리가 지끈거리고 이마가 후끈후끈했다. 한낮에 땡볕에서 잔 터라 얼굴까지 화끈거렸다.

"아우 머리가 띵하네. 아 얼굴 따가워. 한심한 놈 대낮에 논두렁에서 잠들다니! 으으 한심한 놈!"

노빈손은 자신의 머리를 마구 쥐어박았다.

"으으윽, 머리 아퍼. 잠이나 깨자."

노빈손은 개울에서 세수를 하고 갈 길을 재촉했다.

산으로 이어지는 언덕배기에 감나무 밭은 드넓게 펼쳐져 있었다.

이장님 내외뿐만 아니라 이웃들이 여럿 나와서 장대로 감나무를 사정없이 털어 대고 있었다. 키 큰 김씨 아저씨가 장대로 가지를 툭툭 치자 아직 덜 익은 땡감이 우박처럼 우두두 떨어졌다.

"자자 새참 들고 하세요. 시원한 막걸리가 왔어요."

"거 조오치, 자 다들 막걸리 한 사발씩 들고 쉬었다 햐아~."

노빈손은 주전자의 막걸리를 따랐다.

졸졸졸~ 찔끔찔금.

"에게게, 겨우 요만큼 받아온 겨? 지금 누구 놀리는 겨?"

기껏 따른 막걸리는 겨우 반 사발밖에 안 되었다.

“어? 그럴 리가 없는데?”

노빈손은 너무나 당황해서 주전자를 거꾸로 들고 마구 흔들었지만 텅빈 주전자에선 한 방울도 떨어지지 않았다.

이장님은 막걸리를 벌컥벌컥 한 입에 들이켰다.

“어, 막걸리는 또 왜 이렇게 뜨뜻햐아. 근디 얼굴이 왜 그리 벌건 겨? 완전히 익어 버렸네~에. 혹시 오다 술 마신 거 아녀?”

‘와, 귀신이다.’

노빈손의 얼굴이 더욱 더 화끈거렸다.

“아, 아뇨 너무 더워서 그래요. 아 덥다. 거기 부채 좀 주세요.”

“아무래도 수상혀…….”

“아니라니까요! 커~억!”

“에잉? 이 냄새는?”

노빈손은 얼굴이 완전히 불타는 고구마처럼 벌겋게 달아오른 채 머리를 긁적였다. 그래도 자고 온 건 안 들켜서 다행이라고 생각했다.

“머리도 새집에 흙도 묻었네. 너 오다 뒤로 자빠졌냐?”

“아뇨. 그럴 리가요. 딸꾹!”

민망해진 노빈손이 오버하며 큰 소리로 웃어댔다.

“우하하! 하! 하!”

“얼레~.”

머쓱해진 노빈손은 재빨리 화제를 돌렸다.

“근데 아직 덜 익은 감을 왜 따요?”

감은 꼭지의 반대쪽과 씨 주위가 가장 달다. 세로로 잘라 먹는 것이 골고루 단맛을 즐길 수 있다. 감의 떫은 맛을 없애려면 비닐봉지에 떫은 감 4~5개당 사과 1개씩을 같이 넣어 두면 떫은 맛이 없어진다.

떫은 풋감즙의 탄닌(Tannin)이 섬유와 결합하여 응고되면서 섬유를 빳빳하게 만들고 햇볕을 쐬면 점진적으로 화학반응을 일으켜 짙은 갈색으로 변해 버려 빨아도 감물이 빠지지 않는 것이다.

"응, 저쪽 건 익을 때까지 조금 더 있다가 홍시 되면 딸 거고, 이건 지금 따서 푹 삭혀 놓으면 아삭아삭해서 두고두고 먹을 수 있거덩. 이건 단감인께 함 먹어 볼 텨?"

노빈손은 단감을 받아 우걱우걱 먹었다.

"와 꿀맛이네요. 난 홍시보다 단감이 좋더라."

"난 홍시가 좋은디."

옆에 있던 이장님 어머니도 틀니를 달그락거리며 오물오물 홍시를 먹고 있었다.

"이눔아, 내 거 뺏어 먹을 생각일랑 말어."

"할머니, 제 것도 드릴까요?"

"뉘신데 이렇게 맛있는 걸 주시는지, 감사히 먹겠습니다."

할머니는 정신이 오락가락하는지 온통 홍시에만 정신이 팔려 있었다.

"엄니, 그만드세요. 그러다 변 못 봐유."

"이노옴! 네 놈도 뺏어 먹을 셈이냐? 그리는 못 한다."

"엄니, 그게 아니고."

할머니는 치마폭에 감을 주섬주섬 담아서 일어났다.

"나 간다이~."

"엄니, 치마에 물드니께 조심하세유."

사모님의 말은 들은 척도 않고 할머니는 도망치듯 마을 쪽으로 내려갔다.

옆에서 감 터는 걸 열심히 구경하던 노빈손이 드디어 나섰다.

"저도 한번 털어 볼게요."

"어디, 해볼 텨?"

노빈손은 장대를 들고 눈을 질끈 감은 채 검도하듯 감나무 가지를 마구 쳤다.

"얍! 얍!"

얼떨결에 맞은 감 하나가 똑 떨어졌다. 하지만 내려치는 데 너무나 몰두한 노빈손, 감이 떨어지는 순간에 자리를 피하지 못했다.

"아야!"

노빈손의 머리는 끄떡없었으나 감은 쩍 갈라져서 내동댕이쳐졌다.

"괜찮혀~어, 그래 봤자 감이 쪼개지지 머리통이 쪼개지겠어? 쪼개지니께 감이지, 안 쪼개지면 짱돌이구먼……."

이장님은 아무렇지 않게 한마디 툭 던지셨다.

"그러지 말고 저 냇가 방둑에 밤 털러 안 갈텨? 밤송이한텐 못 당할 껴. 하하하… 여긴 거의 끝났으니께 저 자루 들고 따라와~아."

눈물이 그렁그렁한 채 감이 강타한 머리를 어루만지며 노빈손이 물었다.

"잠깐만요. 저 집에 철모 없나요? 아님 마을 근처에 부대라도……."

"원, 사내대장부가 그렇게 겁이 많아서 워따 써어? 잔말 말고 따라와아."

밤에는 탄수화물, 단백질, 기타 지방, 칼슘, 비타민 등이 듬뿍 들어 있어 성장에 좋다. 특히 밤에는 비타민 C가 많이 함유되어 있어 피부 미용, 피로 회복, 감기 예방 등에 효험이 있다고 한다. 또한 배탈이 나거나 설사가 심할 때 군밤을 잘 씹어 먹으면 낫는다고 한다.

늦은 가을 감을 딸 때 까치나 산짐승들이 먹으라고 일부러 몇 개는 안 따고 남겨 두는 것을 까치밥이라 한다. 배나 사과를 딸 때에도 벌레 먹은 것이거나 시원찮은 것들은 그냥 놓아 두게 하였고, 고욤이나 대추도 반드시 그 일부는 남겨 두었다. 특히, 밤을 딸 때에는 절대로 다 떨지 못하게 하였다. 그것은 떨어진 밤을 줍거나 남아 있는 밤을 떠는 동네 아이들이나 다람쥐 같은 짐승을 생각하는 조상들의 배려에서였던 것이다.

이장님은 앞장서서 벌써 강둑으로 내려가고 있었다.

"같이 가요! 참, 이장님 까치 밥은 남겨 두세요."

'살찌워서 까치 잡아먹게. 헤헤.'

뒤통수 밤탱이 된 사연

마을을 감고 도는 큰 내의 방둑에는 밤나무가 길게 심어져 있었다. 냇가에서 세수를 하고 둑에 앉아 좀 쉬려고 보니 앉을 자리가 없었다. 주위엔 온통 밤송이 천지였다. 바닥에 떨어진 밤송이도 많았지만 밤나무에 달린 채 쩍 벌어진 것도 많았다.

"후딱 해치우자고~오. 잘 봐. 밤나무를 무턱대고 털지 말고 밤송이에 갖다대고 따내듯이 혀. 안 그러면 머리 구멍 날 거구먼."

이장님은 장대로 밤송이를 잘도 골라 따냈다. 노빈손은 밤송이보다는 잎을 더 많이 땄다.

"전 터는 데 소질이 없나 봐요. 도둑 집안이 아니라서… 그냥 떨어진 밤 발라서 군밤이나 만들어 먹을래요."

"말라야 구워먹지~이. 생밤이 잘 구워지남?"

"그럼 반숙이라도!"

"굽든지 삶든지 집에 가서 하고, 떨어진 밤송이 주워서 자루에나 어여 담어~. 자루 벌리고 발로 살살 굴려서 넣드라고."

"네에."

그러나 그것도 말처럼 쉽지 않았다. 밤송이는 신발도 뚫을 듯이 뾰족하기만 했다. 어떤 녀석은 발가락을 마구 찌르기도 했다. 얼마쯤 자루가 차자 더 이상은 발로 밀어넣을 수가 없었다.

노빈손은 목장갑을 끼고 손가락으로 밤송이 끝을 잡고 조심스레 옮겨 놓았다. 허나 이장님이 따는 속도에 비해 너무 느렸다. 게다가 손가락이 찔려 피가 났다.

"이장님, 피나요. 피!"

"어디 봐아, 아이구 괜찮여~어, 뭐 피 나는 것 갖고 그랴아. 피가 나야 사람이지, 피가 안 나믄 그게 어디 사람이여, 로봇이지이."

"그래도 편데……."

"자루나 피드라고~오!"

"피~ 이장님은~."

"피피 해쌌지 말고 머리나 잘 피혀. 얼쩡한데 서서 또 피 보지 말고오~."

"걱정 마세요, 제가 한 순발력 하거든요. 옳아, 젓가락! 그게 있었지. 역시 내 머리야. 헤헤."

노빈손은 밤나무 잔가지를 꺾어 긴 젓가락을 만들어 자루에 하나씩 옮겼다. 손으로 할 때보다 훨씬 빠르고 손도 안 찔렸다. 거의 한 자루가 가득해질 만큼 신나게 밤송이를 옮길 때였다.

"밤 떨 어 지 는 구 먼 피…… 혀~어."

밤송이는 이미 노빈손의 뒤통수를 치고 나뒹군 후였다.

"아악!!! 내 머리. 빨리 말씀하셔야죠!"

날씨에 따라 사람들이 입는 옷의 종류도 달라진다고 한다. 대개 바람이 불고 비가 오는 날은 통기성이 적고 보온성이 강한 옷을 입는다. 그리고 쌀쌀한 날씨에는 옷의 종류나 디자인은 물론 색상도 중요한 역할을 하게 되는데 일반적으로 흰 옷이 햇빛을 받아들이는 영향을 100이라면 빨간 옷과 어두운 녹색 옷은 170, 검정 옷이나 청색 옷은 200이라고 한다. 따뜻한 햇빛을 많이 느끼고 싶으면 어두운 색 옷을 입도록!

살갗 바로 밑에 뼈가 있기 때문이다. 머리에 단단한 것이 부딪히면 뼈가 있는 부분의 살갗은 쉽게 짓눌려 버리거나 터지게 된다. 이때 살갗이 터지지 않으면 혹이 생기는데 이것은 혈액의 액체 상태의 성분인 혈장이 모세혈관의 벽을 통해서 밖으로 스며나와, 짓눌린 살갗의 조직 밑에 고이기 때문이다.

노빈손은 머리를 감싸쥔 채 엎드려 절규했다.

"두 갠디~."

또 하나의 밤송이가 이미 노빈손의 머리를 강타하고 있었다.

"어으으, 억! 억! 억!"

노빈손의 비명소리가 온 마을에 메아리쳤다. 그날 노빈손의 뒤통수는 쌍으로 밤탱이가 되었다.

사춘기 남녀의 얼굴, 특히 볼과 이마에 많은 모낭의 염증을 말한다. 가슴이나 등에 생기는 경우도 있으며, 40세 무렵에서 생기는 일도 있다. 처음에 모낭에 피질과 각질이 꽉 차서 황백색의 덩어리가 생기며, 때로는 그 정점이 검게 변색하는 수도 있다.

"이장님, 벼는 왜 벱니까? 그냥 두면 내년에 그대로 벼가 떨어져 싹이 날 테고, 수억 배로 더 많은 쌀이 될 텐데… 차라리 논을 옆으로 더 늘이죠? 아님 기다렸다가 내년에 더 많이 수확하든가요."

'내일 밤에는 옆집에 대추서리 가기로 했는데… 그러려면 좀 자 줘야 하지 않을까.'

노빈손은 대추서리에 대한 기대 때문에 벼 베기에는 관심도 없었다.

"진짜 대학생 맞는 겨?"

노빈손의 말에 이장님은 너무 어이가 없어 한마디 하셨다.

"왜 이러십니까? 이장님. 학생증 보세요. 저 이래 봬도 공부 잘했어요."

'믿거나 말거나.'

"말도 안 되는 소리 관두고, 일하기 싫음 좀 쉬었다 혀. 허긴 아직 아무것도 한 건 없지만서도."

"일하기 싫다뇨, 이장님. 자연의 순리를 따르자는 건데."

"봄에 씨를 뿌렸으니께 가을에 거둬들이는 거지. 그게 자연의 순리지 달리 순리여? 그나저나 낫질은 해봤남?"

"낫질은 물론 삽질도 잘합니다. 낫 놓고 기역자도 알고, 이렇게 낯도 두껍잖아요. 헤헤헤……."

"낯가죽은 정말 두껍구먼. 여드름 자국도 많고."

짚 인형의 대표 선수 '허수아비'
허수아비는 짚을 채워 넣은 인형으로 효용성을 높이기 위해 자유자재로 움직일 수 있게 만들어졌으며, 바람에 의해 움직이는 부분에 반사되는 물체를 달기도 한다. 일부 지역에서는 총으로 동물을 잡던 사냥꾼들이 입던 옷을 입혀 놓은 허수아비가 특히 효과적이었다. 또한 참새를 잡아먹는 올빼미나 뱀 모양으로 만들고 울음소리를 틀어 놓는가 하면 시끄러운 곤충소리 등을 여러 가지 음향기기를 이용하여 틀어 놓기도 한다.

"이장님 피부도 만만치 않아요."

"흠흠, 나야 촌에서 노상 끄실러서 그렇지. 잔말 말고 사람들 기다릴 테니 빨리 가아."

논에는 먼저 온 마을 어른들이 벌써 벼를 베고 있었다. 바람이 불자 거대한 황금 물결이 출렁거렸다.

노빈손도 장갑을 끼고 대열에 끼어 농부들의 손놀림을 관찰했다. 굉장한 손놀림이었다. 게다가 이장님이 직접 시범도 보여 주었다.

"자, 이렇게 왼손에 한 움큼 쥐고 당기듯 베는 거여. 너무 많이 쥐지 말고. 어디 한번 해봐아."

이장님은 시범을 한 번 보이고는 빠른 속도로 벼를 베나갔다. 보기에는 쉬웠으나 벼가 베지지는 않고 뽑히기만 했다.

"이장님 이 낫 안 들어요. 이장님 꺼랑 바꿔 주세요."

"안 드는 게 아니라 요령이 없어서 그런 겨어. 무리하지 말고 조금씩 하는 거라니께. 어어어, 손 조심혀어."

노빈손만 그 자리에 남고 어른들의 대열은 빠른 속도로 벼를 베나갔다. 노빈손도 열심히 낫질을 시도했지만 맘처럼 쓱쓱 베지지 않았다. 열심히 한다고 다 잘 되는 건 아닌 것 같았다.

"무슨 벼가 나일론 줄보다 더 질기네."

천천히 조금씩만 잡고 해봐도 마찬가지였다.

"어라 점점, 고래심줄일세. 에라, 모르겠다."

노빈손은 낫을 던지고 벌렁 드러누웠다.

논둑에 눕고 보니 구름 한 점 없이 하늘이 맑았다. 아득히 출렁이는 황금 물결과 코끝을 간지럽히는 시원한 바람, 잠자리의 평화로운 비행, 허수아비 모자를 쪼는 참새…….

가을이 주는 넉넉함에 노빈손은 오랜만에 한껏 평화로움을 느꼈다. 이럴 때는 사서 고생하는 보람도 괜찮았다.

사실 이곳에 오기 전에는 가을에 농촌이 이렇게 바쁜지 미처 몰랐던 것이다.

"어이 시인 양반! 벼 베다 자나? 노래 한 곡 쫙 뽑아 봐. 아님 시를 하나 읊어 보덩가!"

"좋죠. 제가 낫질은 서툴러도 노래는 좀 합니다. 에에!! 아아~ 으악새 슬피우는 가을인가요~ 불국사의 종소리 울리어 온다."

"허허, 시인 양반이 노래도 제대로 못 외나 봐. 으악새에서 왜 갑자기 신라의 달밤이여?"

"아, 그 노래가 그 노래 아니던가요?"

"가사 외서 다시 불러이~. 내일 다시 시킬 텡게~. 내가 풍년가나 한 곡 부르지."

"좋죠."

"풍년이 왔네. 풍년이……."

풍년가를 들으며 노빈손은 다시 대열에 껴 벼 베기를 계속했다.

태풍 때문에 피해도 컸지만 이 정도만이라도 감사하다는 이장님의 말씀이 생각났다. 허리 펼 줄도 모르고 벼 베기는 계속됐다.

멀리 사모님과 할머니가 새참을 이고 오는 모습이 보였다. 먼 들판에서는 아직도 허수아비가 팔 벌리고 서 있고 참새를 쫓는 종소

〈풍년가〉
처음 광주산성의 선소리패에 의하여 불린 것으로 굿거리 장단에 맞추며 길타령이라고도 하였으나, 지금의 〈풍년가〉는 60여 년 전 '구자하'라는 소리꾼에 의하여 비롯된 것이며 처음 것과는 완전히 다르다.

가을 숲 속을 걷다 보면 어두운 나무 그늘 아래 수북이 쌓인 낙엽더미 사이로 불쑥불쑥 버섯들이 얼굴을 내밀고 있다. 마술사처럼 불쑥 숲 속에 나타난 버섯들은 모양도 색도 가지가지이다. 버섯은 일 년 내내 땅속이나 나무 줄기에 숨어 있다가 가을이 되고 특히 습기가 많아지면 한꺼번에 모습을 드러낸다. 버섯이 솟은 땅 밑 부분을 파보면 하얀 솜털처럼 엉켜 있는 균사체를 볼 수 있는데 이곳에서 버섯이 자라는 것이다.

리가 울려 퍼졌다. 참새 떼가 후두둑 자리를 떴다. 수확의 기쁨으로 출렁이는 황금 들판 위로 어느덧 노을이 붉게 지고 있었다.

가을 운동회

빛나리 분교 가을 운동회가 열리는 날이었다. 서른 가구가 채 안 되는 빛나리 마을에는 전교생이 서른 명이 채 안 되는 빛나리 분교가 있었다.

이장님은 아침부터 마이크를 잡고 목청을 높였다.

"에에, 알려드리겠습니다. 이장이어유우. 오늘 빛나리 분교 운동회가 있사오니 한 분도 빠짐없이 참석하여 행사를 빛내 주시기 바려유우. 달리기에 가마니 들기도 있응께, 꼭 참석하셔서 바가지도 받아가고 스뎅 찜통도 받아가셔유우. 다시 한 번 알려드리겠습니다."

동네 조무래기들은 운동복을 입고 신이 나서 학교로 내달렸다. 하늘은 구름 한 점 없이 맑고 푸르렀다. 길가의 코스모스가 바람에 가볍게 일렁이고 있었다.

노빈손도 전종목에 출전해서 반드시 일등 하리라고 다짐했다. 경품으로 이장님 내외를 기쁘게 해드리고 싶었던 것이다.

학생이 얼마 안 되는 시골 운동회는 그야말로 마을 잔치였다. 운동장에서는 아이들이 그동안 연습에 연습을 거듭한 꼭두각시 공연

을 하고 있었다. 한데 서로 마주보며 방긋 웃는 장면에서는 방향이 저마다 각각이었다.

'애들이 방향감각이 영 엉망이네.'

이장님 어머니는 손뼉을 치며 아이처럼 좋아했다. 그러다가 일어나서 덩실덩실 춤까지 추셨다.

어른들은 일찌감치 플라타너스 그늘에 자리를 펴고 앉아 막걸리 판을 벌이고 있었다. 시끌벅적한 것이 시골장터 같았다. 어디서 왔는지 솜사탕 장수와 풍선 장수가 나무 밑에 자리를 펴고 아이들을 유혹하고 있었다.

"잠시 후 2인 3각, 다리 묶어 달리기가 있겠습니다. 출전 선수들은 앞으로 나와 주십시오."

이장님 사모님과 옆집 김씨 아저씨 사모님이 2인 1조로 고무슬리퍼를 벗고 앞으로 나갔다. 이웃 마을 사람들도 앞으로 뛰어 나왔다.

"준비, 탕!"

사모님과 김씨 아주머니는 전혀 호흡이 맞지 않았다. 평소에는 엄청 친한 것처럼 보였는데…….

"엄매엄매, 잘혀 봐. 오른발 오른발, 발을 맞춰야지이~. 자꾸 달아나기만 하면 어쩌~."

"아이구 형님, 천천히 가유. 넘어지겠슈."

"젊은 사람이 왜 이렇게 굼떠. 잔말 말고 따라와!"

이장님 사모님은 힘으로 밀어붙였다. 어찌나 힘이 센지 김씨 아주머니를 끌고 결승점에 제일 먼저 들어왔다.

1100년대 후반 일본의 미나모토 집안과 다이라 집안은 천하의 패권을 놓고 전쟁을 벌인다. 헤이지의 난으로 부르는 처음의 싸움에선 다이라 집안이 승리하여 미나모토 집안은 몰살을 당하게 된다. 겨우 살아남은 미나모토 집안의 요리모토는 뒷날 무사들을 모아 겐페이라 불리는 두 번째 전쟁을 치른다. 몇 차례의 격렬한 전투 끝에 결국 요리모토는 승리하고 새로운 천하를 이룬다. 당시 미나모토 집안과 다이라 집안이 사용한 깃발이 붉은색 깃발과 하얀색 깃발이었다. 이를 본 따 운동경기 때 홍백으로 나누었고 이것이 우리에게로 건너와 청군, 백군의 유래가 되었다.

"스뎅을 주기로 했는디, 왜 양은이래유? 이런 법이 워디 있대유?"

사모님은 숨을 헐떡거리면서도 약속이 틀리다며 상품 담당 선생님에게 계속 따졌다. 이장님은 땀을 뻘뻘 흘리며 사모님을 말렸다. 땀을 연신 훔치면서도 이장님은 모자를 절대로 벗지 않았다. 평소에도 늘 모자를 쓰고 다녔지만 아무리 생각해도 이상한 고집이었다.

아이들은 자기 몸보다 더 커다란 공을 굴리고 들어왔다.

공굴리기가 끝나자 달리기가 시작되었다. 일등 한 손주를 쓰다듬는 할머니의 얼굴엔 자랑스러움이 가득했다. 이런 산골에서나 볼 수 있는 정겨운 장면이었다.

노빈손은 점심시간을 알리는 콩주머니 던지기에 출전했다. 사실 출전한 게 아니라 인원수 채우느라 모두 동원된 것이다. 노빈손은 밤송이에 대한 공포 때문에 뒤로 물러나 있었다.

"탕!"

총성이 울리자 아이들과 동네 주민들은 콩주머니를 마구 던져 댔다. 농사일의 스트레스를 풀려고 작정한 듯 마구마구 던져 대는 것이었다.

노빈손은 소심하게 몇 개 던지다가 들어올 생각이었다. 그런데 5분이 지나고 10분이 지나도 바구니가 터지지 않는 것이었다. 벌써 꽃가루가 날리며 점심시간을 알리는 플래카드가 내려졌어야 했다. 주머니를 던지다 지친 어른들이 항의를 하기 시작했다.

"돼지 본드로 붙였남? 누구 골탕 먹이려고 작정한 거여 뭐여?"

이장님은 코를 벌름거리며 젊은 총각 선생님에게 마구 따졌다.

잔뜩 멋을 부리느라 이마에 멋진 머리띠까지 두른 총각 선생님이 얼굴이 벌개져선 어쩔 줄을 몰라했다. 잠시 후 교감 선생님이 마이크를 잡았다.

"안내 말씀 드리겠습니다. 바구니가 터지지 않는 관계로 그냥 점심을 먹도록 하겠습니다. 경기에 차질이 생겨 죄송합니다."

"진작에 그럴 것이지. 아주 바구니 터뜨리다가 굶어죽는 줄 알았구먼."

점심을 먹고 나자 기운이 솟았는지 청군과 백군으로 나눠 앉은 아이들은 응원가를 부르기 시작했다.

"따르릉 따르릉 전화 왔어요. 청군이 이겼다고 전화 왔어요. 아니야, 아니야, 그건 거짓말……"

한쪽에서는 가마니 들기를 하고 있었다. 이장님도 출전했지만 예선 탈락이었다. 마당쇠같이 건장한 이웃 마을 아저씨가 일등을 해서 쌀 한 가마니를 받아갔다.

'그래, 이런 게 바로 시야. 순박한 사람들의 건강한 웃음. 이렇게 은은한 가을 햇살! 화단에 올망졸망 피어 있는 샐비어!'

감탄하고 있는 것도 잠시, 노빈손을 부르는 소리가 들려왔다.

"자 마지막으로 계주가 있겠습니다. 거기 젊은 청년 앞으로 나오세요."

노인이 많아 달릴 사람이 없는 관계로 빛나리에선 노빈손이 첫

사람이 어떤 물체를 들어올릴 때는 회전력이 작용하는데 일반적으로 직선 운동을 시키는 힘과는 다르다. 몸 가까이 붙여서 들어올리면 멀리 떨어뜨려 들어올릴 때보다 회전력이 적게 작용하여 힘이 덜 든다. 즉, 몸의 중심으로부터 먼 곳에서 물체를 들어올리면 가까이서 들어올릴 때와 물체의 무게는 일정하지만 중심과의 거리가 커져서 회전 중심을 중심으로 돌아가게 하려는 힘이 강해진다. 그래서 근육이 이런 회전을 막기 위해 더 많은 힘을 가해야 하는 것이다.

주자, 그다음 이장님, 마지막이 아까 그 멋진 머리띠를 한 총각 선생님이었다.

"자, 준비이 탕!"

노빈손은 운동장 한 바퀴를 돌고 제일 먼저 배턴을 이장님께 넘겨 주었다. 이장님도 바람을 휙휙 가르며 한 바퀴를 거의 돌아올 즈음이었다. 너무 세게 달렸는지 이장님의 모자가 날아갔다.

"앗, 저것은?"

이장님이 늘 모자를 쓰고 다녔던 이유를 알 것만 같았다. 이장님의 머리야말로 진정한 빛나리였던 것이다. 사람들은 숨을 죽이고 이장님의 모습을 지켜봤다.

이장님은 모자를 찾아 쓰려고 허둥대고 있었다. 그동안 상대 팀이 앞질러갔다.

당황한 총각 선생님은 배턴을 받으려고 앞으로 나갔지만 배턴 터치가 제대로 되지 않았다.

"에잇, 모르겠다."

총각 선생님은 이장님 손의 배턴을 빼앗아 들고 힘차게 달렸다. 어찌나 열심히 달렸는지 한껏 멋을 부린 머리띠가 땅에 벗겨지고 맨 이마가 드러났다.

"이럴 수가!"

총각 선생님의 머리도 빛나리였던 것이다.

숨을 죽이고 경기를 지켜보던 마을 사람들은 넘어갈 듯 웃어대기 시작했다.

'빛나리에는 빛나리들이 살고 있다?'

"그래 바로 이거야. 빛나리에는 빛나리가 살고 있다! 시야 기다려라!"

상체를 앞으로 숙이면서 달리는 것은 좋지 않다. 스타트 때만 상체를 숙이고 이후엔 펴야 한다. 그리고 두 허벅다리가 벌어지지 않게 달리면 아무리 하여도 빨리 달릴 수가 없다. 무릎에는 힘을 넣지 말고 부드럽게 올려 무릎 밑의 다리를 앞으로 쭉 내디디는 것이 좋다. 이때 발 끝에는 힘을 넣지 말고 위를 향하게 한다. 무릎을 높이 들고 몸은 15도 각도로 기울여서 두 팔을 힘차게 흔들며 달리면 빠르게 달릴 수 있다. 달릴 때 합성수지 등의 의복은 수분의 증발을 억제하기 때문에 면제품을 입는 것이 바람직하며 발의 충격을 흡수할 수 있는 좋은 운동화를 신고 달리는 것이 좋다.

쌀은 어떻게 만들어지나요?

우리나라의 벼농사는 구석기 시대 이전부터 시작되었다. 1년에 한 번 재배하는 1모작을 하는 우리나라에 반해 대만과 태국 같은 아열대성 기후의 나라에서는 3모작과 연중 재배를 한다. 주로 4, 5월에 파종해 10, 11월경에 수확하는 벼.

자, 가을 들판을 황금빛으로 수놓는 벼의 정체를 파헤쳐 보자.

: 수다맨, 우리가 먹는 쌀은 어떻게 만들어지나요? 가르쳐 주세요!

: 쌀이 되려면 먼저 벼를 길러야겠죠. 벼를 기르려면 좋은 벼 종자를 골라야 하구요. 벼 종자는 실하고 무거운 게 좋아요.

: 저처럼요? 우리 부모님이 저처럼 안팎으로 실한 아들 낳아서 남들이 자식 농사 잘 지었다고 하거든요.

: 입은 삐뚤어져도 말은 바로 하랬어요. 내가 보기엔 불량 종자 같애요. 말 끊지 말고 잘 들어 봐요. 잘 고른 벼 종자를 병충해 방지를 위해 소독해서 물에 씻은 다음 25~30℃ 물에 3~4일 담가 뒀다가 건져서 발아가 되면 모판으로 옮겨요.

: 에그머니, 볍씨도 온천하나 봐. 팅팅 불으면 어떡해요?

: 걱정도 팔자! 팅팅 불어야 싹이 잘 나요. 아고고 숨차. 그다음엔 모판에 싹이 나기 좋은 기름진 흙을 넣고, 벼 종자를 심어 주는 파종기라는 기계 안에 넣는 거예요. 파종기를 손으로 돌리면 모판이 파종기 안으로 들어가면서 아까 싹이

난 그 벼 종자가 모판에 심어지는 거예요.

: 뭐가 그리 복잡해요?

: 이 정도도 안 하구서 밥 먹으려고 했어요? 아직도 멀었으니 잘 들어 봐요. 햇빛이 잘 드는 곳에 벼 종자가 심어진 모판을 두는 거예요. 그 모판 위에 비닐을 덮어 주면 되지요. 그럼 모가 쑥쑥 자랄 거예요. 이렇게 모판들이 모여 있는 곳이 못자리예요. 알았죠? 그다음엔 모가 자라면 모를 심을 논을 준비해야 돼요. 우선 논을 갈고 써레질을 해야 해요.

: 어라? 지금 논을 썬다고 했나요? 논이 무슨 무인가요, 논을 썰게. 헤헤, 수다맨이 하도 수다를 떨다 보니 정신이 오락가락 하나 보네요.

: 그런 무식한 말을! 써레질은 논 표면을 평평하게 다듬는 작업이에요. 그래야 논물이 새나가는 것도 막고 비료도 골고루 퍼뜨릴 수 있거든요. 옛날에는 소가 했었는데 요샌 트랙터가 해요.

: 에그그그 트랙터가 효자네요.

: 그러게 말이에요. 허허허.

: 써레질이 끝나면 자란 모를 논에 심겠지요?

: 어쩜! 가끔 아는 것도 있군요. 맞아요. 모판에서 손으로 모를 뽑는 걸 모를 찐다고 해요. 뽑은 모를 한 움큼씩 짚으로 묶어요. 그걸 논에 옮겨 심는 거예요. 논에 긴 줄을 띄워 놓고 줄에 맞춰 심어야 해요. 이게 바로 모내기예요. 모 심은 지 60~70일이 지나면 벼는 종족을 퍼뜨리기 위해 쑥쑥 자라 알곡의 모습이 되어 가지요. 그리고 20~25일 더 지나면 이삭이 나와요. 그러고 나면 벼 꽃이 피고 수정되어 열매가 맺히는 거예요.

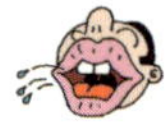

: 와! 그럼 수확이 멀지 않았네요? 아, 빨리 먹고 싶다. 햅쌀!

: 그러면 좋겠지만 자연 재해가 문제예요. 우리나라는 1년 내내 크고 작은 태풍이 30여 차례나 있으니 벼가 얼마나 많은 수난을 당하는지 상상이 가죠? 모진 풍파 다 겪고 견뎌낸 놈들만이 가을이 되면 터질 듯 풍만해져 고개를 푹 숙이고 수확을 기다리는 거예요.

: 응, 그래서 벼의 허리가 휘는 거구나. 그다음은 알아요. 수확하는 거죠? 저도 벼 좀 베봤거든요.

: 그럼 벼 베기에 대해선 뭘 좀 알겠네요. 그래도 설명할 건 하겠어요. 예전엔

마을마다 품앗이로 벼를 벴어요. 그렇게 한 후 경운기에 달린 탈곡기에 볏단을 밀어넣어 벼 알과 껍질이나 지푸라기를 분리하는 거예요.

: 그다음에도 알아요. 정미소로 가는 거죠?

: 여전히 성질도 급하시긴. 땡감을 그냥 먹어요? 먹고 싶으면 먹던지. 떫어도 난 몰라요. 아무튼 탈곡한 벼는 햇볕에 잘 말려야 해요. 논에 쫙 펼쳐 놓고 일광욕을 하고 나서 그 담에 정미소로 가는 거예요.

: 에그에그, 우리 밥상에 올라오는 쌀이 그냥 쌀이 아니네요.

: 벼농사는 파종에서 수확까지 200여 일이나 걸려요. 농부들의 피와 땀의 결실이지 뭐예요. 자, 더 궁금한 거 있으면 물어 봐요.

: 저, 손 물어 봐도 돼요?

: 에그, 짓궂으시긴! 자요, 한 번만 물어 봐요.

: 빠지직!

: 아이고~ 수다맨 살려! 누가 진짜로 물랬어요!

바퀴벌레의 횡포, 이대로 둘 것인가?

어두운 곳 어딘가에 숨어 있다가 밤만 되면 흉측하고 징그러운 몰골로 나타나 우리의 등골을 오싹하게 만드는 바퀴벌레!

바퀴벌레의 출현은 약 3억 2천만 년 전으로 거슬러 올라간다.

3억 2천만 년 전이라~, 손가락 발가락을 다 이용해도 그 어마어마한 수치 앞에서 무릎을 꿇을 수밖에 없다.

바퀴벌레는 그 질긴 생명력을 이용해 우리 인간을 괴롭혀 오고 있다.

방 안, 부엌, 화장실 할 것 없이 온갖 곳을 헤집고 다니며 우리를 소스라치게 놀라게 하고 어린아이를 물어 상처를 내는가 하면 지저분하게시리 자신의 분비물로 알레르기를 일으킬 뿐 아니라 장티푸스, 콜레라, 결핵, 간염 등의 바이러스와 식중독균과 기생충균을 옮긴다는데…….

그렇다면 이대로 당할 수는 없는 노릇. 이제 바퀴와의 전면전에 돌입할 때가 왔다.

바퀴벌레, 그것이 알고 싶다

1. 바퀴벌레는 목욕을 싫어한다

지구가 멸망한다 해도 최후까지 홀로 살아남을 수 있는 생명체, 바퀴벌레!

허나 바퀴벌레에게도 치명적인 약점이 있다지 뭔가. 그것은 바로 물을 싫어한다는 점. 바퀴벌레의 겉껍데기는 물이 스며들지 못하게 하는 물질로 코팅되어 있다. 말하자면 방수복이지. 이를 벗겨 버리면 표피로 물이 스며들어 숨구멍에 물이 들

어가 질식을 하고 만다. 우하하하!

2. 바퀴벌레는 니코틴을 싫어한다

바퀴벌레는 니코틴을 싫어한다고 한다. 따라서 바퀴벌레가 자주 출몰하는 곳에 니코틴 액을 뿌려 두면 바로 죽음이다. 니코틴 액은 어떻게 구하냐구? 길거리에서 담배 꽁초를 주워다가 물을 부으면 되지.

1. 바퀴벌레의 초능력

바퀴벌레는 기압의 변화를 감지할 수 있어 비가 올 것 같으면 미리 안전한 곳으로 대피한다. 또 아주 작은 땅의 진동도 예측할 수 있어 웬만한 지진에도 끄떡없다고 한다.

2. 바퀴벌레를 먹는다구?

바퀴벌레를 먹는 나라가 있다. 일본, 중국, 태국, 호주 등. 일본에선 바퀴벌레를 먹기 위해 대만에서 수입한 적도 있단다. 우웩!

3. 자연 가운데 가장 민첩한 생물, 바퀴벌레

이스라엘의 헤브루 대학 제프 카미 교수 팀이 실험한 결과, 바퀴벌레는 초당 25번의 방향전환을 하면서 초속 1미터의 속도로 내달리는 것으로 밝혀졌다. 사람으로 치면 시속 150km로 달리는 셈이다. 와우!

4. 배설물을 따라 이동한다

미국 플로리다 대학의 디니 밀러 연구팀이 독일산 바퀴를 대상으로 연구한 결과, 바퀴벌레는 자신들이 싼 응가를 따라 움직인다는 사실을 밝혀냈다. 응가 속에 포함된 화학물질을 감지해 이동한다는 것이다. 에이 더러워!

바퀴벌레의 습성 속속들이 파헤치기

1. 바퀴는 불완전 변태를 하는 해충으로, 알 → 유충 → 성충으로 발육한다.

2. 곡류, 야채, 과자, 빵, 과일, 어육 등 인간이 먹는 건 다 먹는다.

3. 매우 빠르게 도망가는 질주성 곤충에 속한다.

4. 야행성 곤충으로 빛을 매우 싫어한다.

5. 열대지방 곤충이기 때문에 따뜻한 곳을 좋아한다.

6. 습기가 높고 물기가 있는 곳을 좋아한다.

믿거나 말거나, 바퀴벌레 잡는 묘법 공개

1. 옆집에 먹을 게 더 많다고 바퀴벌레를 꼬드긴다.

2. 날마다 바퀴벌레의 수를 체크한다. 그리고 더 늘어났을 때는 단체 기합을 주

어 다시는 수를 늘리지 못하게 한다.

3. 자주 출석을 불러 바퀴벌레가 귀찮아 다른 곳으로 가도록 만든다.

4. 바퀴벌레들에게 이상한 별명을 지어 준 뒤 놀려서 다른 곳으로 이사 가게 만든다.

5. 바퀴벌레를 모두 집합시켜 놓고, 한 마리를 트집을 잡아 공개 처형시킨다. 그러면 겁을 먹은 바퀴벌레들이 자연히 다른 곳으로 이사를 갈 것이다.

6. 빠삐용을 불러 바퀴벌레를 모조리 잡아먹게 한다.

가을의 전령사, 귀뚜라미

1. 귀뚜라미의 생김새

귀뚜라미는 메뚜기목 귀뚜라미과에 속하는 곤충이다.

몸길이는 약 1.7~2.1cm이고, 몸은 흑갈색을 띠고 복잡한 얼룩점이 있다. 앞날개는 배를 완전히 덮지 못하고, 뒷날개는 퇴화되어 없어진 것처럼 보인다.

귀뚜라미의 꽁무니를 보면 귀뚜라미의 암수를 구별할 수 있다. 꽁무니에 꼬리털이 두 개만 있으면 수컷이고, 꼬리털 두 개 사이에 산란관이 송곳처럼 삐죽하게 난 것이 암컷이다.

꼬리털은 감각기관의 하나로 더듬이 역할을 한다. 그리고 앞더듬이도 감각기관에 속한다. 앞더듬이는 몸보다 길게 뻗쳐 있는데, 다른 곤충과 마찬가지로 후각과 촉각 기관의 구실을 한다.

2. 귀뚜라미의 생태

오뉴월에 알에서 깨어난 귀뚜라미는 애벌레 시기를 거쳐 8월에 어른벌레가 된다. 늦은 9월에 어미가 된 귀뚜라미는 9~10월에 교미를 하고, 10월 중순경부터 알을 낳는다.

암컷은 꼬리털 사이에 송곳처럼 뾰족하게 생긴 긴 산란관을 흙 속에 15mm쯤 꽂고 알을 낳는다. 알은 연한 황색을 띤다. 알을 낳은 귀뚜라미는 겨울을 넘기지 못하고 죽는다.

추운 겨울을 땅속에서 지낸 알은 이듬해 5월 중순경에 애벌레로 부화되어 나온다. 막 땅속에서 나온 애벌레는 몸이 투명하여 속이 다 들여다보인다. 애벌레는 차차 몸 색깔이 검어진다. 애벌레가 껍질을 벗을 때는 뒷다리를 무언가에 단단히 걸어 놓고 가만히 있는다. 여러 차례에 걸쳐서 껍질 벗기를 하는데, 우리가 흔히 볼 수 있는 왕귀뚜라미는 어른귀뚜라미가 될 때까지 일곱 번 허물을 벗는다. 껍질을 다 벗은 귀뚜라미는 벗은 껍질을 먹어 치운다. 귀뚜라미는 애벌레에서 번데기 과정을 거치지 않고, 곧바로 어른벌레로 탈바꿈하는 불완전 변태를 한다.

3. 귀뚜라미의 특징

귀뚜라미는 아주 작은 진동도 감지할 수 있는 뛰어난 능력을 지니고 있다. 그래서 누구든 가까이 다가서면 재빨리 자취를 감춘다. 뒷다리가 잘 발달되어 있기 때문에 위험이 닥쳤을 때 뒷다리의 힘으로 팔짝팔짝 뛰어서 달아난다.

귀뚜라미 소리 중 하나의 특징은 연속음을 낼 수 없다는 것이다. 앞날개를 흔드는 동작으로 소리를 내기 때문에 소리는 앞날개를 칠 때마다 생기는 순간 파동이 연속해서 나온 것일 뿐이다. 날개를 펼 때는 아무 소리도 나지 않는다. 편 날개를 탁 하고 닫을 때 비로소 소리가 나는 것이다.

운동회의 깃발

푸른 하늘을 수놓는 만국기, 학생들의 우렁찬 함성소리! 까르르 가을 하늘을 수놓는 해맑은 웃음소리, 토끼 모양, 돌고래 모양을 한 풍선과 솜사탕 장수 주변으로 몰리는 아이들! 그뿐인가? 청기·백기를 펄럭이며 열띤 응원을 보는 재미도 쏠쏠한 가을 운동회.

많은 학자들에 따르면 운동회는 전쟁을 모방해서 만들어졌다고 한다. 그렇다면 운동회에선 왜 깃발을 흔들며 응원을 할까? 자, 그 이유를 알아보자.

사람들은 아주 오랜 옛날부터 전쟁을 했다. 처음 돌로 만든 무기와 단순한 활만을 사용하던 전쟁은 쇠붙이 등을 사용하면서 격렬해졌고 규모도 커졌다. 규모가 커지게 되면서 전쟁을 지휘하는 장수들은 자기 편을 통제하기 어렵게 되었다. 이때 등장한 것이 깃발이었다. 깃발은 공격과 후퇴의 신호를 알려 줄 뿐만 아니라 병사들이 혼란한 싸움의 와중에 자기네 편의 깃발이 당당히 서 있는 것을 보고, 안심하고 전투에 임할 수 있었다나.

깃발은 군대의 상징이 되면서 목숨보다도 소중한 것이 되었다. 깃발을 소중하게 여긴 대표적인 나라가 고대 로마 제국이다. 로마 제국에선 군대의 군단들이 싸움 도중 깃발을 빼앗기거나 잃어버리면 그 군단을 해체시키는 엄벌을 내렸다. 이런 전통은 예전에만 있었던 것이 아니다. 우리나라 육군의 어떤 사단도 6.25 전쟁 중 깃발을 잃어버려 지금까지 사단을 상징하는 깃발이 없단다.

북한의 운동회

북한도 운동회를 한다. 운동회는 세 가지 형태로 나눌 수 있는데 첫번째는 학교별 운동회로, 주로 6월 6일의 소년단 창립일과 9월 5일의 사회주의 교육에 관한 테제(규칙) 발표 기념일에 한다. 이어달리기, 병 끼고 달리기, 다리 묶고 달리기, 물동이 이고 달리기, 꼬리잡기, 공 빼앗기, 축구, 무릎싸움, 밧줄 당기기, 장애물 극복 등 남한 운동회와 같다.

두 번째, 남한의 어린이날과 비슷한 6월 1일의 국제아동절을 맞이하여 같은 구역 내의 학교 학생들이 모두 모여 대표선수들이 실력을 겨루는 경우.

마지막으로 세 번째 형태의 운동회는 국가적 차원의 대규모 행사인데, 1년 중 가장 큰 행사인 4월 15일의 김일성 주석 생일(태양절)이나 2월 16일의 김정일 위원장 생일, 10월 10일인 조선노동당 창건일을 기념하여 개최된다. 이때는 일반적인 운동회와 달리 집단체조라는 것을 한다. 집단체조의 경우 보통은 4개월에서 큰 규모일 경우 6개월 정도나 고생하며 연습해야 하기 때문에 학생들은 별로 좋아하지 않는다고.

메뚜기의 모든 것

1. 어떻게 생겼어?

몸은 머리, 가슴, 배로 나누어지고, 가슴 부분에 3쌍의 다리와 2쌍의 날개가 붙어 있어.

2개의 큰 겹눈과 가운데에 작은 홑눈 3개를 가지고 있어서 겹눈으로 물체의 모습을 보고 홑눈으로 밝고 어두움을 구별하지. 그리고 2개의 더듬이로 냄새를 맡아.

소리를 내는 곤충들은 모두 귀를 가지고 있는데, 잘 보이지는 않지만 내 귀도 배의 첫번째 마디에 붙어 있어.

그리고 굉장히 튼튼하고 풀을 잘라먹기에 좋게 생긴 멋진 턱이 있어.

2. 어떻게 살아?

난 번데기 시기를 거치지 않는 불완전 변태를 해. 다시 말하면 알에서 새끼메뚜기를 거쳐 어른메뚜기가 되는 거지.

가을이 되면 우린 짝짓기를 해. 우리랑 닮은 곤충들은 암컷보다 수컷이 훨씬 작아. 그래서 암컷은 수컷을 등에 태우고 오랜 시간 짝을 짓지. 짝짓기가 끝난 암컷은 '산란관' 이라는 긴 관을 땅 속에 꽂아서 알을 낳아.

끈적끈적한 액체로 감싸져 있는 알은 흙 속에서 겨울을 지내게 돼. 그러다가 봄이 되면 알에서 깨어나 땅 밖으로 나오지. 새끼메뚜기들은 몇 차례 껍질을 벗고 어른메뚜기가 되는 거야.

우린 늦가을에 알을 낳고 나면 겨울이 오기 전에 죽어.

3. 어떻게 숨을 쉬어?

배의 마디마다 숨구멍을 가지고 있어. 그래서 이곳으로 숨을 들이쉬고 내쉴 때마다 배가 볼록볼록 움직여.

4. 적이 나타나면 어떻게 해?

우리가 사는 강가의 풀밭이나 논, 밭은 사방이 탁 트여 있어 몸을 숨길 만한 곳이 마땅치 않아. 그렇기 때문에 풀밭에는 메뚜기를 잡아먹으려는 쥐나 도마뱀 등의 사냥꾼들이 들끓지. 다행히 우린 빨리 뛰어오를 수 있는 튼튼한 뒷다리가 있어. 적이 나타나면 이 뒷다리를 이용해 키의 스무 배에서 서른 배나 되는 곳까지 뛰어 달아난다구.

참, 참고로 우린 껍데기의 색깔이 계절에 맞게 바뀌어. 갓 태어났을 때는 온 몸이 새까만데 풀을 뜯어먹기 시작하면 초록빛으로 바뀌고 가을이 되면 마지막 허물 벗기를 하지. 그러면서 황갈색으로 변하는 거야.

우린 메뚜기가 아니라구!

베짱이

난 메뚜기랑 많이 다르다구! 내가 훨씬 멋지지. 난 몸길이보다 1.5배나 긴 잘 빠진 날개랑 맵시나게 긴 더듬이가 있다구.

소리도 왼쪽 앞날개는 위쪽에, 오른쪽 앞날개는 아래쪽에 두고 서로 비벼서 소리를 내지. 왼쪽 날개 위쪽에 작은 톱니처럼 생긴 줄이 잔뜩 있거든. 이걸 오른쪽 날개에 긁어서 소릴 내는 거야. 신기하지? 내가 우는 소리가 꼭 베 짜는 소리 같다고 해서 베짱이라고 부르는 거야. 게다가 내 몸에는 공명체라는 것이 있어서 소리를 크게 해주지. 하하하, 말하자면 몸에 스피커가 있는 거야.

그리고 이건 비밀인데 앞다리와 가운뎃다리에 돋은 날카로운 가시로 나비의 애벌레 등을 잡아먹기도 해.

풀무치

메뚜기랑 닮았다고? 기분 나빠. 난 수가 별로 많지 않은 귀한 곤충이라구. 키도 훨씬 크고 덩치도 좋아. 앞가슴이 어깨에서부터 또렷이 모가 나 있고 얼마나 멋진 몸맨데. 몸길이가 자그마치 수컷이 45mm, 암컷이 60~65mm 정도라구.

몸 빛깔은 녹색이나 갈색 바탕에 짙은 갈색 무늬가 있어 앞날개는 가늘고 길며 갈색 바탕에 짙은 갈색 얼룩무늬가 있고. 하지만 뒷날개는 노란색을 띠며 투명하고 무늬가 없지. 특이하지?

가끔 난 살 만하면 막 알을 낳아. 근데 다 먹고 살아야 하잖아. 그래서 미안하지만 가끔 농사진 곳을 덮쳐서 농부들에게 미움을 받지. 쩝.

여치

내가 바로 가을을 가장 먼저 알려 주는 곤충이라구. 내 얼굴은 약간 뾰족해. 난 왼쪽 앞날개의 줄칼 모양을 한 부분에 오른쪽 앞날개의 밑둥을 비벼서 소리를 내. 우린 주로 밤에 활동하지. 아무래도 야행성인가 봐.

몸길이는 35~55mm 정도로 메뚜기보단 커. 몸의 빛깔은 황록색과 옅은 갈색을 띠고 머리와 앞가슴 양옆에는 갈색 줄무늬가 있지, 배의 등쪽에도 갈색 무늬가 있어. 근데 창피하게 날개가 너무 짧아서 배 끝에도 안 닿아. 그래도 얼마나 멋진데, 녹색 바탕에 갈색 줄무늬와 검은 점무늬가 있거든.

방아깨비

우린 수컷이 42~45mm, 암컷이 75~82mm 정도로 암컷이 훨씬 커. 몸 색깔은 대개 녹색이나 녹색 바탕에 회색이나 갈색 줄무늬가 있는데 이상하게 생긴 애들도 많아.

머리의 앞부분은 뾰족하고, 더듬이는 짧고 '칼' 모양으로 납작해.

내가 재밌는 거 알려 줄까? 우리 종아리 마디를 잡으면 몸을 위 아래로 방아질하듯 움직여. 그래서 사람들이 방아깨비라고 부르나 봐. 수컷은 날아다닐 때 앞뒷날개를 부딪쳐 '타타타' 하는 소리를 내. 재밌지?

그리운 삼촌

이장님 식구들과 아쉬운 작별을 하고 노빈손은 무작정 걸었다. 그동안 시인 행세를 하느라 폼만 잡고 정작 제대로 된 시는 한 편도 쓰지 못해서 서울로 돌아갈 수가 없었다. 자존심이 허락하지 않았던 것이다.

"천하의 노빈손이 이대로 주저할 순 없어. 시인인 척했던 허세와 가식을 버리고 진짜 시를 써보기 전엔 절대 집에 돌아가지 않겠다. 그건 나 자신과 시를 사랑하는 고상해에 대한 모독이야."

노빈손은 하루 종일 쉬지 않고 걷고 또 걸었다. 어느새 돈도 거의 바닥이 났고 더 이상 걷는 것도 무리였다. 운동화는 닳아질 대로 닳아져 뒤축이 벌어진 상태였다. 걸을 때마다 벌어진 곳이 지친 개 혓바닥처럼 쫙쫙 벌어졌다. 서울로 돌아가기엔 아직 일렀지만

휘파람은 피리나 대금과 같은 원리로 소리가 나는 것이다. 모든 관은 공기를 담고 있는데, 이 관 속으로 특정한 주파수를 지닌 진동을 가해 주면 그 관이 소리를 낸다. 이것이 바로 공명현상이다. 휘파람도 입 모양을 잘 만들고 공기의 흐름을 특정한 방식으로 만들어 주면 입 속이 공명을 일으켜 소리가 발생하게 되는 것이다.

더 이상 버틸 재간이 없었다.

"이 외모로 동냥을 하면 누가 돈이나 던져 주겠어? 귀티가 줄줄 흐르는 이 얼굴 보고 싸인 받으러 오면 또 몰라! …아 오늘이 벌써 며칠째지? 그러니까 오늘이, 아참참! 내 정신 좀 봐. 어째 송편이 먹고 싶더라. 며칠 후면 추석이지. 잘됐어, 어차피 시골 삼촌댁에 다들 내려오실 텐데. 까짓 거 꾸중 좀 듣고 종아리 몇 대 맞지 뭐. 여기선 가까우니까 먼저 가서 기다리다 엄마를 놀라게 해드려야지. 헤헤."

노빈손은 마지막 남은 동전까지 탈탈 긁어 겨우 버스표를 끊고 버스를 탔다. 너무 지친 탓에 잠시 눈을 붙였는데 어느새 버스는 정류장에 도착해 있었다.

"이 정겨운 공기, 아 고향의 냄새! 어째 향기부터 다르다 했어!"

버스에서 내리자마자 노빈손은 삼촌 댁에 전화를 걸었다.

삼촌은 노빈손이 어릴 때 시골에만 내려가면 늘 무동을 태우고 다녔다. 좀 자라선 자전거 뒤에 태우고 달리며 휘파람 부는 법을 가르쳐 주기도 했다.

노빈손이 초등학교 3학년 때 자전거 타는 법을 처음 가르쳐 준 사람도 삼촌이었다. 낚시를 데려가서 피라미튀김을 해주기도 하고 잠자리와 나비를 잡아 곤충 표본 숙제도 삼촌이 다 해주었던 것이다.

"빈손아 네가 어쩐 일이냐? 허허. 보고 싶었는데 잘 내려왔다. 정류장으로 곧 나갈 테니 거기 꼼짝 말고 조금만 기다려라."

20분쯤 지나자 삼촌은 경운기를 몰고 나타났다. 노빈손은 삼촌과 뜨거운 포옹을 하고 경운기에 걸터앉았다. 처음에 포장도로를 달릴 때는 그래도 괜찮았다. 한 10분쯤 달리자 먼지가 풀풀 날리는 비포장도로로 접어들었다. 어찌나 덜컹거리는지 엉덩이가 깨지는 고통을 참으며 겨우 집에 도착했다.

삼촌 댁에 도착하자 숙모와 삼손이 노빈손을 반갑게 맞아주었다. 너무 피곤한 나머지 자초지종을 설명할 새도 없이 숟가락을 놓자마자 노빈손은 깊은 잠에 곯아떨어졌다.

성묘 때 함께 치러지는 한가위 풍속인 벌초. 원래는 한가위 전에 벌초를 했지만 최근엔 함께 하고 있다. 여름철 조상의 무덤과 그 주위에 무성하게 자란 잡초들을 손수 베어 주는 것으로, 살아 생전 조상에 대한 기억과 은덕을 떠올리며 웃자란 잡초들을 베어내는 벌초는 효를 숭상하는 우리 민족의 오랜 풍습이다.

뱀, 제발 따라오지 마

"어, 가지 마세요. 이대로, 제발. 사랑해요, 고상해! 음냐음냐."

"형, 일어나! 아빠랑 할아버지 산소에 벌초 가야 해!"

해가 중천에 뜨도록 이불 속에 있는 노빈손을 흔드는 손은 다름 아닌 사촌동생 삼손이었다.

'고상해가 처음으로 꿈에 나왔는데 이런 순간에 방해하다니.'

화가 났지만 화를 낼 수도 없는 처지라 오늘 밤에도 꼭 아까 꿈을 이어서 꾸기를 기원했다.

노빈손은 겨우 눈을 떠 늦은 아침을 먹었다.

"빈손이 낫질 할 줄 아니?"

"그럼요, 삼촌. 제가 뭐 못하는 거 봤어요?"

"그으래? 잘됐다. 오늘 든든한 일꾼이 있어서 걱정 없겠네. 삼손아! 너도 등산 양말 단단히 챙겨 신고 형도 하나 갖다 줘라. 가을엔

뱀은 지면을 타고 전달되는 소리 밖에 듣지 못한다. 피리 소리에 맞추어 코브라가 춤을 추는 모습을 흔히 볼 수 있으나 이는 소리에 맞추는 것이 아니라 땅꾼의 움직임에 코브라가 놀아나는 현상이다. 밤에 휘파람을 불면 뱀이 나타난다는 말은 따라서 황당무계한 거짓말이다.

독사가 독이 단단히 올라 위험하거든. 양말 목 긴 걸로 두 켤레씩 챙겨 신어라."

"네, 저는 세 개 신을게요. 뱀은 무서워."

노빈손은 양말을 세 켤레나 껴 신었다. 덕분에 운동화가 들어가지 않아 삼촌의 검은 장화를 빌려 신었다. 워낙 커서 걷기가 불편했지만 뱀 생각을 하면 아무것도 아니었다.

"다리는 단단히 무장했고, 팔도 단단히 감싸 줘야지."

노빈손은 숙모의 토시를 빌려서 양팔에 끼고 얼굴에도 벌 쏘임 방지용 그물망사를 썼다.

"하하하. 빈손이 너, 사내녀석이 겁이 그렇게 많아서 군대는 어떻게 갈래?"

"형, 그러면 고추 떨어져. 겨우 뒷산에 가는데 너무 겁 먹지 마. 내가 앞장서서 갈 테니까."

"빈손아, 그래가지구서 장가 가겠니? 호호호……."

숙모까지 한마디씩 거들며 배를 잡고 웃어댔다. 한바탕 웃음거리가 된 노빈손은 그런 야유에도 굴하지 않았다.

지난 여름에 뱀에게 호되게 놀란 노빈손은 절대 방심할 수가 없었다. 또 하나 절대로 빠뜨릴 수 없는 것! 새참으로 먹을 도시락을 챙겨서 뒷산에 올랐다.

가을 산은 단풍이 들어 울긋불긋한데다 아름답고 그윽한 햇살이 비쳐 은은한 분위기를 자아냈다. 한참을 올라가자 단풍이 더 곱게 물들어 있어서 마치 단풍 터널을 통과하는 듯했다.

“아, 단풍 한번 멋지게 들었다. 근데 삼촌, 나무들은 왜 단풍이 드는 거죠?”

“그건 나무들이 겨울 준비를 하기 때문이지. 나무들도 겨울이 되면 더 이상 광합성을 하지 않거든. 그래서 엽록소를 만들지 않기 때문에 엽록소의 녹색에 가려졌던 다양한 잎의 색깔들이 보이게 되는 거지.”

“아, 그렇구나. 삼촌, 저 나무 이름은 뭐예요?”

“아, 저건 참나무의 일종인데, 이 산에 있는 참나무만도 열 가지는 넘을걸.”

한참을 올라가니 숨이 턱턱 차올랐다. 그래도 이런 멋진 가을 산에 오르니 정말 좋은 시를 쓸 수 있을 것 같은 자신감이 생겼다. 진작 이런 가을 산에서 불타는 시심을 키웠어야 했는데 너무 늦게 온 것 같다는 아쉬움도 들었다.

“어 형, 머루다.”

“머? 머루! 마침 목말랐는데 잘됐다.”

삼손이 따준 머루를 껍질째 우걱우걱 씹고는 씨와 껍질을 퉤퉤 뱉어냈다. 작은 포도처럼 생긴 것이 새콤달콤하니 꿀맛이었다.

“역시, 가을은 먹을 게 많아 좋아. 열매들도 나를 알아보고 막 따 달라고 달려드는 것 좀 봐.”

노빈손은 삼손이 머루를 따고 있는 곳으로 가서 옷 앞섶에다가 정신없이 머루를 따서 담았다. 식탐이 많은 것은 어디 가도 마찬가지였다.

단풍의 색깔은?

단풍의 색이 모두 붉은 것은 아니다. 다양한 단풍의 색깔은 조금씩 다른 경로로 나타나게 된다. 붉은색의 단풍은 안토시아닌 계통의 색소 때문에 생긴다. 녹색의 엽록소가 줄어들고 대신 붉은색의 안토시아닌이 많이 만들어져 단풍색을 나타내는 것이다. 은행나무처럼 노란색이나 다른 색의 단풍은 이 안토시아닌과 더불어 다른 색소들이 만들어졌기 때문이다.

멀구, 왕머루, 개머루, 야포도 등으로 불리는 야생포도의 일종이다. 잎은 어긋나게 달렸으며 넓은 달걀 모양으로서 끝이 다섯 개로 얕게 갈라진다. 6월에 꽃이 피고, 색깔은 황록색이며 꽃자루 밑부분에 덩굴손이 있다. 9월에 과일이 여무는데 송이로 되어 밑으로 처지고 지름 0.8cm로 검은색으로 익는다. 주로 술을 많이 담그는데 신경통에 좋다.

"형, 뒤에 뱀!"

"어? 배배배 뱀? 엄마야!"

갑작스런 뱀 때문에 노빈손은 머루도 다 버리고 있는 힘을 다해 멀찍이 도망쳤다. 뱀이라는 말만 들어도 숨이 다 멎을 것 같았다.

한참을 달리자 땀이 비오듯이 쏟아지고 다리가 풀렸다. 숨을 몰아쉬며 주저앉고 보니 나무숲은 끝이 나고 푸른 풀밭이 펼쳐졌다.

"형 그만 가. 뻥이야. 헤헤… 거기가 할아버지 산소잖아. 그러다 뱀까지 형 알아보고 달려들면 어떡해. 헤……."

그래도 낫질은 어려워

노빈손은 그 자리에 풀썩 주저앉아 거친 숨을 몰아쉬고 있었다. 삼촌과 삼손도 어느새 올라와 노빈손 옆에 앉았다.

"빈손이 벌초도 안 하고 그렇게 힘이 빠져서 어쩌냐? 넌 좀 더 쉬고, 삼손아, 우리는 슬슬 시작해 볼까."

"아녜요, 삼촌. 저도 할 수 있어요. 같이해요."

노빈손은 진땀을 훔치며 삼촌에게 낫을 한 자루 받았다.

"빈손아, 낫질 안 해봤으면 하기 힘드니까 억지로 하려고 하지 마. 여기야 나하고 삼손이가 하면 얼마 안 걸릴 거야. 괜히 어설프게 하다가 우리 귀한 장손 손 베면 큰일이니까 그냥 등산 왔다 생각하고 저기 그루터기에 앉아 구경이나 해."

“아니에요. 저 여기 오기 전에 이장님한테 특별훈련 받고 온 걸요. 숨 좀 고르고 저도 할래요. 저 이래 봬도 벼도 베봤어요.”

“그래, 좀 쉬고 해라.”

노빈손은 묘지 아래쪽에 있는 그루터기에 앉았다. 베어낸 지 얼마 안 돼 보이는 그루터기에는 나이테가 선명하게 보였다.

“나무도 나이를 먹는다더니, 가만 있자 하나, 둘, 셋… 와아 스무 살도 넘었네. 너도 나처럼 꺾인 거니? 아니 짤린 거구나. 가엾은 것, 아무튼 좀 깔고 앉을게.”

노빈손은 오래 앉아 있기 미안한 생각이 들어 배낭을 내려놓고 삼촌 곁으로 가서 낫질을 시작했다. 처음 해보는 낫질은 아니지만 낫질은 여전히 어려웠다.

풀이 너무 자라 여간 질긴 게 아니었다. 풀을 베는 게 아니라 풀과 씨름하는 동안 삼촌은 벌써 저만큼 앞으로 나가고 있었다.

초등학교 5학년인 삼손이도 보통 솜씨가 아니었다.

“짜식, 역시 이름값 하는군.”

부자가 사이좋게 풀을 베고 있는 모습을 보다가 억센 풀에 시퍼렇게 풀물만 든 자신의 손을 내려다보았다. 한참이나 더 끙끙댔지만 결과는 마찬가지였다.

‘난, 낫과 인연이 없나? 하긴, 내가 칼보다 펜하고 친하니까 낫이 삐질 만도 하지.’

“새참이나 준비하자.”

노빈손은 낫을 던져 두고 신문지를 폈다. 숙모가 정성껏 싸주신

나무의 세포는 봄부터 여름까지는 물 공급이 충분하기 때문에 부피가 커진다. 그러나 세포를 만드는 데 열중한 나머지 미처 두껍고 튼튼한 세포벽을 만들지 못한다. 반면 늦여름에서 가을에 이르는 시기에는 물 공급이 적어 세포가 충분히 팽창하지 못하는 대신 세포벽이 두꺼워진다. 이 차이가 띠로 나타나는 것이 나이테이다.

종류가 다양한 사과. 이름을 알아보자.

- 부사(후지)-우리나라에서 생산되는 사과의 80퍼센트가 '후지'라고도 부르는 부사다. 아삭아삭하게 씹히는 맛이 일품이다.
- 아오리-가장 이른 8월부터 수확하는 것으로 풋과일 같은 풋풋한 맛과 달콤한 맛이 일품이지만 보관이 어렵고, 때가 지나면 푸석거린다.
- 홍옥-빠알간 색과 새콤한 맛을 좋아하는 사람들이 찾는 사과.
- 세계일-옅은 노란색을 띠는 아주 큰 사과. 세계에서 제일 큰 사과라는 뜻의 이름. 속살은 단단하며 즙이 많다.

점심 도시락을 꺼내 놓고 후식으로 싸주신 사과를 깎았다.

"사과는 이렇게 잘 깎는데, 같은 칼질이라도 차원이 다르니 원."

삼촌과 삼손은 어느새 묘지 등성이를 다 깎아 내려오고 있었다. 삼손은 머리도 짧은데 어디서 그런 힘이 나오는지 몰랐다.

"그만들 하시고 식사하세요. 맛있는 과일도 있어요~."

"그래 시장하다. 밥 먹자!"

"삼촌, 저 사과 하나는 잘 깎죠? 저 이담에 마누라한테 사랑받을 거예요."

"오냐, 이녀석."

'고상해, 내가 매일 사과 깎아 줄게.'

"근데 형은 겁이 많아서 마누라도 무서워할 거야. 헤헤……."

노빈손은 다소곳이 다리를 옆으로 꼬고 앉아 묵묵히 사과를 깎

았다. 삼손의 웃음소리는 산에 가득 메아리쳤다.

'그래, 난 마누라 모시고 잘살 거다. 기다려, 고상해.'

노빈손의 가슴이 괜스레 콩닥거렸다.

'고상해도 나를 생각할까?'

가을 한낮의 그윽한 햇살 아래 풀밭에서의 멋진 점심식사였다.

세상에서 제일 멋진 송편

아침부터 시골집은 요란했다. 시장에서 쌀가루를 빻고 고물을 해온 숙모는 어린 조카들과 송편반죽을 하고 있었다.

삼촌은 차례 지낼 준비로 분주했다. 눈치가 보여 억지로 일어나서 송편 빚는 틈에 앉았지만 눈은 감은 채였다. 노빈손은 밥부터 한상 거하게 얻어먹고 숭늉까지 벌컥벌컥 들이켜고야 정신이 좀 들었다.

"어디 한번 작품을 만들어 볼까."

손을 닦고 송편 만들기에 돌입한 노빈손은 유에프오 모양에 이어 별 모양 땅콩 모양 등 다양한 모양의 송편 빚기를 시도했다.

'저걸 어따 써. 누가 먹기라도 할라나. 아까운 고물만 버리네……'

오랜만에 온 반가운 손님에게 잔소리를 하기도 그렇고 해서 숙모는 안타까운 마음에 속만 태웠다. 노빈손은 눈치도 없이 계속해

사과 껍질을 까 놓으면 갈색으로 변하는 이유는 과일 속에 포함되어 있는 페놀계의 화합물 (냄새나 맛이나 색깔을 내는 요소)이 산화 효소와 공기의 영향으로 갈색의 물질로 변하는 것이다. 사과의 변색을 막으려면 깍은 사과를 연한 소금물에 담가두었다가 손님이 왔을 때 내놓으면 변색될 염려가 없다. 소금물은 사과가 산화하는 것을 억제하는 효과가 있기 때문이다. 레몬즙을 떨어뜨려도 변색이 덜하다.

식물은 다른 미생물로부터 자기 몸을 방어하기 위해 여러 가지 살균 물질을 발산하는데, 이를 피톤치드라고 한다. 피톤치드는 공기 중의 세균이나 곰팡이를 죽이고, 해충, 잡초 등이 식물을 침해하는 것을 방지한다. 또한 인간에 해로운 병원균을 없애기도 한다.

특히나 소나무에서는 이 피톤치드가 보통 식물의 10배나 발산된다고 한다. 그러니 송편을 찔 때 솔잎과 함께 찌면 세균들이 번식할 수 없기 때문에 오래 부패하지 않고 먹을 수 있는 것이다. 뿐만 아니라 향긋한 솔잎 향까지 우리 조상들의 지혜가 정말 대단하지 않나!

서 이상한 모양의 송편을 만들었다.

"아, 로켓 모양도 만들어야지. 만들고 보니 세트다! 우주 도시네. 역시 유에프오 창문에는 잣을 돌아가면서 박고 고물이 새지 않게 이중장치를 했으니 터질 염려도 없고… 와, 예술이다 예술!"

노빈손은 자신에게 천재적인 손재주를 물려주신 부모님께 감사하며 숙모의 속도 모르고 빚고 또 빚어 댔다.

숙모가 먼저 만든 송편을 쪄서 내왔다.

"와, 숙모님이 빚은 송편은 진짜 반달 같아요. 음, 솔향기도 솔솔 나고. 와, 맛도 일품이네요."

노빈손은 우걱우걱 송편을 먹어 댔다.

과식 탓인지 점심도 먹지 못하고 빈둥거리다가 삼촌과 시장에 나가 제사용품을 사고 돌아오니 어느새 뉘엇뉘엇 해가 지고 있었다.

저녁을 먹고 마루에 앉아 하늘을 보니 커다란 보름달이 떠오르고 있었다.

"빈손이 일하느라고 애썼다. 추석에 와서 이것저것 할 게 많지?"

"뭘요, 일년 내내 농사 짓는 사람도 있는데요, 뭐."

이장님 댁에서 추수의 힘든 과정과 기쁨을 체험한 후라 추석의 감회는 새로웠다.

"너도 철들었구나. 그래, 농부들에겐 일년 농사의 결실인 햅쌀과 햇과일로 조상님께 차례 지내는 것이 얼마나 감사한 일인지 몰라. 이웃과도 나눌 만큼 먹을것도 많고 모든 게 넉넉한 때라 더도 말고 덜도 말고 한가위만 같아라 하는 말이 정말 실감난다. 빈손아, 저 달 봐라. 옛날 사람들은 달에서 토끼가 절구질한다고 믿었다는데… 그놈 참 크고 밝다."

"달 한번 진짜 밝네요, 삼촌."

달을 보자 노빈손은 그동안 시를 쓰기 위해 헤매던 순간들이 생각났다. 벌판에서의 고독과 힘들었던 여정이 떠올라 가슴이 벅차올랐다. 잠시의 만남이었지만 자신에게 처음 시에 눈뜨게 해준 고상해의 얼굴도 떠올랐다.

"달님, 저에게 힘을 주세요. 멋진 시 한편, 걸작 한편 부탁합니다. 고상해를 감동시킬 멋진 시말입니다. 비나이다 비나이다 달님께 비나이다."

노빈손의 부모님은 저녁 늦게야 삼촌 집에 도착했다. 노빈손은 얼른 방으로 들어가 자는 척 누웠다. 엄마는 노빈손을 가만히 두지 않겠다고 펄펄 뛰었다.

"내가 쟤 땜에 맘 고생한 걸 생각하면 그냥. 아휴 속상해. 너 어서 일어나지 못해?"

"형수님 참으세요. 낮에 일하느라 피곤해서 곯아떨어졌어요. 어제도 벌초한다고 고생하고 여간 일을 잘하는 게 아녜요. 혼내도 내일 혼내세요. 네?"

삼촌이 말리자 엄마의 목소리도 점점 잦아들었다.

차례는 음력 매월 초하룻날과 보름날, 그리고 명절이나 조상의 생신에 지내는 간소한 약식제사이다. 차례는 명절날 아침에 각 가정에서 기제를 지내는 조상의 신주나 지방 또는 사진을 모시고 지낸다. 기제를 지내는 조상이란 고조부모까지 4대를 제사 지내는 가정일 경우 고조부모, 증조부모, 조부모, 그리고 돌아가신 부모 등 여덟 분의 조상을 말한다. 차례는 기제를 지내는 장손의 집에서 지내는 것이 원칙이지만 지방이나 가문의 전통에 따라 한식이나 추석에는 산소에서 지내기도 한다. 또한 축문을 읽지 않고, 술을 한 잔만 올린다고 하나, 지방이나 집안 전통에 따라 다소 차이가 있다. 추석에는 햅쌀로 송편을 빚어 햇과일과 함께 올린다.

세계인들도 우리와 같은 추석을 지낸다. 모습은 서로 각각이지만 감사하는 마음은 같지 않을까? 그럼 한번 살펴보자.

미국

미국판 추석인 추수감사절은 11월 마지막 목요일부터 시작된다.

이 기간에는 흩어져 있던 가족들이 한자리에 모여 칠면조 요리를 먹는다. 해마다 이때쯤 집 나가는 칠면조들도 많다는데 '치킨 런!'이 아니라 일명 '칠면조 떼 도주 사건'이라고 들어나 봤나!

미국의 추수감사절은 17세기 유럽인들이 신대륙에 발을 들이며 어렵게 정착한 이들이 신에게 고마움을 표시하기 위해 비롯되었다.

중국

중국인들은 우리와 같은 날 추석을 지낸다. 그러나 전국적인 귀성 행렬도 없고 정식적인 공휴일도 아니다. 이날 중국인들은 주로 가족의 단결과 화목을 도모하며 간단한 선물을 주고받는다나! 알뜰한 분들 같으니라구. 그런데 썰렁하겠다.

일본

양력 8월 15일인 '오봉'은 일본식 추석이다. 오봉 때 일본 사람들은 고향 방문뿐 아니라 부모에게 생선을 보내는 '이키미타마' 라는 풍습이 있다. 그런데 오봉하면 왜 식당에서 밥 나르는 양은접시가 떠오를까? 오봉순이, 오봉돌이. 한때 이런 은어들이 유행했었는데… 일본어의 잔재다. 이런 말 제발 쓰지 말자.

프랑스

프랑스의 가을 명절로는 카톨릭 축일인 '모든 성인의 축일' 이 있다. 11월 1일로 '투생' 이라고 부르는데, 온 국민이 함께 즐기는 풍습은 없고 다만 많은 국민들이 고인의 무덤에 꽃을 바친다. 우리나라 성묘 같은 분위기인가 보다.

러시아

러시아의 '성 드미트리 토요일(11월 8일 직전의 토요일)' 은 우리의 추석과 유사하다. 이날 러시아인들은 가까운 친척들끼리 모여, 햇곡식과 햇과일로 만든 음식을 함께 나누며 조상에게 성묘한다.

독일

독일의 '추수감사제' 는 지역별 축제 형식으로 열린다. 포도, 감자, 밀, 맥주 호프 등 특산품이 생산되는 각 지역에서는 여름부터 가을에 이르기까지 한 해 농사에 감사의 뜻을 표시하는 '동네 축제' 를 연다. 한마디로 동네 단위의 북 치고 장구 치는 동네 잔치!

추석은 북적북적! 추억은 뽀글뽀글!

당신이 추석에 대해 알고 싶은 몇 가지!

추석이 다가온다. 감 익어 가는 고향집 마당엔 아이들 웃음소리. 대청에선 온 가족이 모여 앉아 방금 내온 송편 맛을 보느라 야단법석. 우리의 가장 큰 명절, 풍성함과 정겨움의 추석! 넉넉한 고향의 품으로 떠나 볼까?

추석이란 이름의 유래

한가위라고도 불리는 우리나라 제일의 명절 추석! 한자로 추석(秋夕)은 '가을 저녁'이란 뜻인데, 명절 이름도 매우 시적이다. 추석이란 이름은 『예기(禮記)』에 적혀 있는 '봄날 아침 해와 가을날 저녁 달(春朝日秋夕月)'에서 왔다. 중국에서는 중추절(仲秋節)이라고 하는데, 한가을 명절이란 뜻이다. 추석은 우리 겨레 고유의 명절이라고 한다.

한가위란 이름의 유래

유리왕 9년 신라 서라벌의 6부를 고쳐서 각 부에 성씨를 하사했다. 유리왕이 6부를 정비한 뒤, 그곳의 여자들을 두 패로 나눈 후 두 공주의 지휘하에 재미있는 게임을 했다.

음력으로 7월 16일부터 매일 새벽 큰 부(部)의 뜰에 모여 길쌈을 하되 밤 열 시경에 파하게 했다. 음력 8월 15일에 이르러 길쌈으로 만들어진 옷감이 많고 적은 것을 조사해 적게 만든 편에서 술과 음식을 차려서 이긴 편에게 대접했다.

여기서 노래와 춤과 갖은 오락이 다 벌어졌으니 이것을 '가배'라 했다.

가배란 것은 가운데란 뜻이며 후에 '가위' 로 변했다. 앞에 붙은 '한' 이란 말은 제일 크다는 뜻이니, 한가위란 '제일 큰 가운뎃날' 이란 뜻이다.

신라 시대의 길쌈이란 다름이 아니라 누에고치를 풀러 명주실을 얻고, 이것으로 비단 옷감을 짜는 것을 말한다.

온 동네 부녀자들이 한 달 동안 길쌈 대결을 한 후 음력 8월 15일에 벌였던 잔치는 금방 끝나지 않았을 것이다. 한달 동안의 피곤함도 피곤함이겠지만, 온갖 노래와 춤이 벌어졌다면 많은 사람들이 밤을 새워 새벽까지 보내지 않았을까? 전기도 없었을 때니 이날이 휘영청 밝은 보름이 아니면 불가능했을 것이다.

재미난 한가위 가족 전통놀이 4가지

1. 까막잡기

5~8명이 방 안에서 하기에 알맞은 놀이(밖에서 할 경우 금을 그어 금 밖으로 나가지 않도록 한다). 가위 바위 보로 술래를 정해 수건으로 술래의 눈을 가리고 나머지 사람들은 손뼉을 치며 술래를 피해 도망다닌다. 술래에게 잡히면 잡힌 사람이 술래!

주의사항 : 손뼉 칠 때 술래 손에 짝짝 손뼉 치면 안 됨! 술래가 약올라서 눈가

리개 벗고 덤빌지도 모름. 술래를 흥분시키지 않도록!

2. 협동 제기차기

할머니와 손자, 혹은 아버지와 딸 등이 함께 팀을 이뤄 발 대신 책받침을 마주 잡고 '제기차기'를 한다. 30cm 이상 높이 쳐올려야 한다. 친지들이 많이 모였을 경우 얼마든지 팀 편성을 자유롭게 할 수 있다.

참고사항 : 책받침은 두껍고 면적이 넓은 게 좋음. 없으면 탁구채라도…….

3. 변형 윷놀이

추석엔 역시 윷놀이가 제격이다. 그러나 정해진 규칙을 조금 변형하면 더욱 재미가 묻어난다. 예를 들어 말을 여섯 개로 한다든가, 윷판의 모양을 바꿔 지름길과 돌아가는 길, 함정 등을 만들어 놓는다든가 하여 다양한 변화가 가능하도록 한다. 말하자면 응용력을 동원하라는 이야기.

4. 솔잎놀이

솔잎(성냥개비나 이쑤시개를 이용해도 된다)을 낱개로 모두 떼어 바닥에 뿌린 다음, 순서를 정해 다른 솔잎을 건드리지 않고 솔잎을 하나씩 손으로 들어내는 게임이다. 물론 많이 들어낸 사람이 이긴다.

부작용 : 너무 집착하거나 몰입하면 이웃들로부터 진기명기 가족이라고 오해받는다. 차력으로 오해할지도 모름. 적당히 하시길!

추석하면 송편!

'설에는 옷을 얻어 입고 한가위에는 먹을것을 얻어먹는다' 라는 우리나라의 옛 속담에서도 알 수 있듯이 추석은 먹거리가 풍부한 명절이다. 오죽하면 조상들이 '일년 내내 한가위만 같아라' 고 외치고 다녔겠는가.

그렇지만 하도 먹을것이 많은 탓인지 한가위를 대표하는 음식을 꼽기란 쉽지 않다. 그중에서도 한가위 대표음식으로 둘째가라면 서러워할 것이 있으니, 다름 아닌 송편.

'오려 송편' 은 수확철보다 이르게 익은 올벼를 베어다가 찧어 오례쌀을 만들고 이것으로 송편을 빚는다. 쑥, 소나무 속껍질인 송기, 치자, 대추 등을 다지거나 물을 우려내 송편의 고운 색을 내고 송편의 소(송편이나 만두에 넣는 속)로는 거피팥, 햇녹두, 청대콩, 햇밤 등을 넣어 맛을 낸다.

올 추석엔 직접 빚은 송편을 가족끼리 나누어 먹는 것도 괜찮을 듯⋯⋯.

125

가을의 야생화

1. 백일홍

배꽃이 오랫동안 피어 있어서 백일홍나무라고 하고, 나무 껍질을 손으로 긁으면 몸이 비꼬듯이 잎이 움직인다고 하여 간질나무라고도 한다. 멕시코 원산의 한해살이 백일홍과 구별하기 위하여 나무백일홍 혹은 배롱나무라고도 부른다.

높이가 5m 정도이며 나무껍질은 연한 붉은 갈색으로 얇은 조각으로 떨어지면서 흰 무늬가 생긴다.

7~9월에 가지의 끝마다 원뿔모양으로 마치 커다란 꽃 모자를 뒤집어쓴 듯이 연보라색의 수많은 꽃이 옹기종기 모여 핀다. 꽃의 지름은 3~4cm 정도이며 쪼글쪼글한 주름이 잡혀 무척 앙증맞다.

2. 금잔화

금잔화는 국화과의 한해살이 풀이다.

키는 30~50cm이며 잎은 어긋나고 가지가 갈라지며 털이 있다. 그리고 독특한 냄새를 풍긴다. 꽃은 여름부터 가을까지 가지와 줄기 끝에 하나씩 달리는데, 특이하게 밤에는 오므라든다. 종류에 따라 빛깔이 다르고, 세계 여러 나라에서 볼 수 있다.

언제나 해가 뜨면 꽃이 열리고 해가 지면 꽃이 닫히는데, 옛날에는 아침 7시에

금잔화가 꽃을 닫으면 그날은 틀림없이 비가 올 것이라는 걸 알았다고 한다.

3. 코스모스

국화과의 한해살이 풀로 국화와 함께 가을을 대표하는 꽃으로 알려져 있다. 꽃은 6~10월에 핀다. 가지 끝에 하나씩 꽃이 달리며, 꽃의 지름은 6cm 정도이다. 잎은 마주 난다. 그리고 원산지는 멕시코이다.

4. 개쑥부쟁이

가을 산자락에서 흔히 보이는 연보랏빛 들국화, 개쑥부쟁이. 국화과에 속하는 두해살이 풀로 키가 30~100cm이다.

개쑥부쟁이는 서너 장의 잎이 달린 어린 순을 소금 넣은 물에 한소끔 삶아, 물에 잘 헹구어 떫은 맛을 빼고 순을 잘라, 나물로 무쳐 먹거나 튀김옷을 입혀 살짝 튀겨 먹어도 그 맛이 끝내준다.

개쑥부쟁이 꽃에는 슬픈 전설이 있었으니…….

아주 먼 옛날 쑥을 캐다가 부모님과 동생들을 돌보는 대장장이의 딸이 있었다. '쑥을 캐러다니는 불쟁네의 딸'이라는 뜻으로 사람들은 그 딸을 쑥부쟁이라고 부르곤 하였다. 어느 날 마음씨 착한 쑥부쟁이는 산에 올라갔다가 상처를 입고 쫓기는 노루와 함정에 빠진 사냥꾼을 구해 주었다. 잘생기고 씩씩한 사냥꾼은 쑥부쟁이에게 결혼을 약속하곤, 내년 가을에 다시 찾아오겠다며 떠났다.

하지만 여러 번의 가을이 지나도 그는 돌아오지 않았다. 쑥부쟁이는 산신령에게 정성스레 지성을 드렸다. 감동한 산신령이 쑥부쟁이 앞에 나타났는데 보니 전에 구해 준 적이 있는 노루였다.

노루는 보랏빛 보자기에 담긴 노란 구슬 세 개를 주며 '구슬을 하나씩 입에 물고 소원을 말하면 세 가지 소원이 이루어질 것이다' 라는 말을 남기고 사라져 버렸다. 쑥부쟁이는 그 노란 구슬을 입에 물고 어머니의 병을 낫게 해달라고 하자 어머니는 순식간에 건강을 되찾으셨다. 두 번째로는 사냥꾼이 나타나게 해달라고 빌었다. 그러자 바로 그 자리에 애타게 기다리던 사냥꾼이 나타났으나 그는 이미 결혼하여 아이까지 두고 있었다. 마음씨 착한 쑥부쟁이는 아버지를 잃을 사냥꾼의 아이들이 불쌍하여 마지막 구슬을 그 사냥꾼이 가족에게 돌아갈 수 있게 해달라는 소원에 써버렸다.

그러나 끝내 마음속으로 그 사냥꾼을 잊지 못하던 쑥부쟁이는 어느 날 그만 절벽에서 발을 헛디뎌 죽고 말았다. 쑥부쟁이가 죽고 나서 보랏빛 꽃이 피어났고 사람들은 이 꽃을 쑥부쟁이라고 불렀다. 해마다 가을이면 쑥부쟁이꽃은 사냥꾼을 기다리며 곱게곱게 피어 있다.

5. 참취

맛있는 취나물이 바로 참취의 잎이다. 여러해살이 풀로 키가 1~1.5m인 참취

는 가을이 시작되면 산자락 여기저기서 달콤한 백색의 꽃
송이를 피워 낸다. 여러 꽃들이 머리모양으로 둥글게 달려
있는 꽃들이 줄기마다 피어, 기품 있는 아름다움을 뿜낸
다. 삶아서 말려 두었다가 두고두고 먹는 취나물은 정월 대
보름에 부름과 함께 먹기도 한다.

산열매 따먹으러 가자!

1. 청미래덩굴

　　사람들이 많이 다니는 산속 오솔길 어디에서나 만날 수 있
는 우리 산의 덩굴나무. 망개나무, 맹감나무, 참열매덩굴이라
불리기도 하는 청미래덩굴의 잎은 넓은 달걀꼴로 윤이 반짝
반짝 나는데 길다란 잎자루의 가운데에서 나온 한 쌍의 덩굴
손은 끝이 도르르 감겨 있어 나무나 풀에 닥치는 대로 달라붙고 갈고리 같은 작은
가시를 여기 저기 내밀어 옆에 지나다니는 것을 할퀴곤 한다.

　　봄의 끝자락에 이르면 잎겨드랑이의 덩굴손 옆에서 긴 꽃대가 올라와 우산 모양
의 노란빛이 들어간 풀색 꽃이 모여 핀다. 가을에 빨갛게 익는 동그란 열매 속에는
황갈색의 씨앗과 주위에는 퍼석퍼석하게 말라 버린 육질이 들어 있다.

　　먹을것이 없던 옛날 아이들은 '망개 열매' 가 신맛이 지독한 파랄 때부터 눈독을
들이다가 빨갛게 익으면 달콤한 맛 쪼금 보려고 오가며 가끔 입 속에 넣어 보곤 했
다.

2. 산수유

이른 봄 지리산 자락에 있는 마을 돌담길을 따라 수줍은 듯 살짝 피어나는 산수유. 작고 노란색의 꽃은 잎이 나오기 전인 3~4월에 가지 끝에 20~30송이씩 무리지어 핀다. 10월에 작고 갸름한 붉은 열매를 맺는데 맛은 떫고 시기만 하다.

집 울안이나 밭두렁 등 아무 데에서나 잘 자라고 추위도 잘 견딘다. 손길이 별로 필요치 않기 때문에 농가의 부업으로 재배할 만한 나무. 가을에 열매에서 씨를 빼내고 햇볕에 말린 산수유는 식은땀을 흘리는 사람이나 오줌싸개에게 특효약이다.

3. 팥배나무

팥배나무란 이름은 배꽃처럼 하얀 꽃이 피어 배나무, 열매는 배처럼 크지 않고 팥처럼 작아 팥배나무가 되었다고 한다. 해발 1,600m 이하의 숲 속에 흔하게 자란다. 높이 10m까지 자라는 낙엽교목으로 어린 가지에 털이 있다. 늦봄에 편평한 우산 모양으로 작은 흰 꽃들이 무리 지어 핀다. 주황색의 열매는 가을에 동그랗게 익는다. 팥알보다 약간 크고 붉은 열매가 10여 m 가까운 제법 큰 나무에 수천 개, 때로는 수만 개씩 매달린다. 높다랗게 달려 있고 맛이 시금털털하여 잘 먹지는 않으므로 열매는 배고픈 산새와 들새들이 독차지한다.

4. 마로니에

서울 대학로에 있는 공원 이름으로 유명한 마로니에. 칠엽수과의 낙엽교목으로

높이는 약 25m 정도이다. 잎은 크고, 흰 바탕에 붉은색을 띤 꽃이 많이 핀다. 발칸반도가 원산지인 마로니에는 6월의 꽃은 향기가 좋으며, 가을에 달리는 밤알 크기의 열매가 독특하고, 잎이 길고 넓어 가로수로 사랑받고 있다. 특히 프랑스 파리의 가로수가 유명하다.

가시가 달린 열매는 유럽에서 옛날부터 치료약으로 사용해 왔다.

5. 하늘타리

하늘수박, 취참외 등으로 불리기도 하는 덩굴식물로 우리나라의 중·남부 지방에서 자라고 있다. 길이 5m쯤 뻗는 하늘타리의 잎은 단풍잎처럼 5~7개로 갈라지는데 각 잎 끝에 톱니가 있고 잎의 표면에는 짧은 털이 많이 돋아 있다. 7~8월에 흰 꽃이 핀다. 10월에 여무는 지름 7cm쯤의 열매는 둥글고 오렌지 색깔로 익는다.

6. 석류

토드득 껍질이 터지며 빠알간 열매들이 왕관을 쓴 듯이 빛나는 석류. 살구나무보다는 키가 작은 관상용의 낙엽교목으로 꾸불꾸불하고, 삐죽삐죽한 가시 같은 메마른 작은 가지들이 이파리도 없이 여기저기 돋아 나온다.

6월이 되면 장구같이 생긴 꽃받침 속에 선홍색의 꽃잎이 피어 나온다. 열매는 9~10월에 가지가 휘어지도록 노란색 또는 노란빛이 도는 붉은색으로 익는데, 열매 껍질에 수분이 많고 신맛이 있어 갈증을 없애 준다.

잠자리 결혼식에 다녀오다

선선한 바람이 제법 불어오는 초가을 ○월 ○일. 풀숲에서 잠자리 결혼식이 있다기에 다녀왔다.

짠짜자잔~. 드디어 잠자리 결혼식이 시작되었다. 먼저 위풍당당한 신랑 잠자리가 공중으로 휘휘 날아올랐다. 그러자 곧이어 신부 잠자리가 다소곳이 뒤를 따랐다. 한동안 하늘을 날던 신랑 잠자리가 조심스럽게 신부 잠자리에게 다가갔다. 그러고는 재빨리 자기의 배 끝에 달려 있는 집게를 암컷의 머리에 끼워 연결했다.

그후 두 마리 잠자리는 함께 붙어서 여기저기로 날아다녔다. 신혼 비행을 시작한 것이다. 이곳에 와 안 사실인데, 잠자리들은 짝짓기를 하기 전에 신혼 비행을 한다고 한다.

그건 그렇고, 신랑 잠자리와 신부 잠자리는 몇 분 동안의 신혼 비행을 마친 뒤 연못 근처에 있는 풀잎에 살포시 내려앉았다. 짝짓기를 시작한 것이다.

신부 잠자리의 생식기는 10개의 마디 중 아홉 번째 마디에 있지만 신랑 잠자리의 생식기는 그곳 외에도 2~3번째 마디에 부생식기가 또 있었다.

신랑 잠자리는 아홉 번째 마디에서 나온 정자덩이를 부생식기에 미리 붙여 두는 치밀함을 보였다. 그러자 신랑 잠자리의 꼬리 집게에 머리를 잡힌 신부 잠자리가 자신의 배를 둥그렇게 말더니 신랑 잠자리의 가슴 쪽에 대어 정자덩이를 받아 가기 시작했다. 그렇게 한 몸이 되어 짝짓기를 끝낸 신랑 잠자리와 신부 잠자리는 하객들의 축하 속에서 물속에 알을 낳기 시작했다.

결혼식에서 생명 탄생까지, 오늘 본 잠자리의 결혼식은 감동 그 자체였다.

1. 잠자리의 출현

잠자리가 지구상에 처음 출현한 것은 고생대 석탄기 후기. 약 2억 5천만 년 전의 일이다. 당시에는 잠자리의 몸집이 무척 커 펼친 날개의 길이가 약 64cm나 되는 거대 곤충이었단다. 지금 지구상에서 가장 큰 것은 중남아메리카의 잠자리로 펼친 날개의 길이는 약 21cm 정도 된다고 한다.

2. 잠자리는 가장 빠른 곤충?

잠자리는 날개가 얇고 투명한 막질로 되어 있으며, 몸체가 가늘고 길어 비행시 공기 저항을 별로 받지 않는다. 그래서 엄청 빠르다는데… 이 지구상에서 잠자리가 가장 빠르게 나는 곤충이라면 믿겠는가? 잠자리는 무려 초속 10m의 속도로 비행을 한다. 인간과 비교해 보면, 100m를 9.76초에 달리는 세계 기록 보유자 모리스 그린만큼이나 빨리 나는 셈이다.

3. 잠자리는 해충인가? 아니면 익충인가?

흔히 잠자리는 파리나 모기 따위의 해충을 잡아먹어 대단한 익충으로 알려져 있다. 그런데 알에서 깨어난 잠자리의 애벌레, 즉 잠자리의 학배기 시절에는 물속에서 작은 곤충이나 심지어 작은 물고기까지 잡아먹는 바람에 양어장에서는 미움을 톡톡히 받고 있단다.

133

여름날의 추억

추석날 아침부터 엄마로부터 심한 꾸중을 들은 탓에 노빈손은 건넌방에서 조용히 눈치만 살피고 있었다. 그때 노빈손을 부른 건 예상외로 아버지였다.

"그래, 몸은 성하냐? 걱정 많이 했다."

"아버지, 걱정 끼쳐 드려서 죄송해요."

"그래도 몸건강하니 다행이다. 아 참, 내 바바리코트는 어떻게 됐니?"

"네 아버지, 여기… 죄송해요."

노빈손은 헤지고 더러워진 바바리코트를 꺼내 조심스럽게 아버지께 건넸다.

"흠흠… 괜찮다. 무사하니 됐다."

성묘

성묘는 산소에 가서 인사를 드리고 이상이 없었는지를 확인하고 조상들에게 감사의 뜻을 전하는 의식이다. 성묘는 원래 1년에 4번 했다. 섣달그믐, 설날, 한식, 그리고 한가위. 섣달그믐 성묘는 한 해를 보내면서 조상들에게 감사하는 뜻이고 설날은 어른들에게 세배하는 것과 같다.

아버지는 애써 놀란 표정을 감추며 방을 나왔다.

'내가 제일 아끼는 옷인데……'

아버지는 몰래 바바리코트를 들고 골방으로 갔다.

"풀물도 들고, 찢어지고… 녀석, 험하게도 입었네."

그러곤 아무도 몰래 한 땀 한 땀 정성껏 바느질을 시작했다.

"내 바바리코트는 내가 지킨다!"

너무 돌아다니고 많이 걸은 탓에 자도자도 피곤이 가시지 않아 노빈손은 앉아서도 꾸벅꾸벅 졸았다.

"애, 반성하라고 했지, 누가 자라고 했어? 어서 일어나, 산에 성묘 가게!"

노빈손은 성묘란 말에 눈은 일단 떴지만 졸리는 건 마찬가지였다.

"형수, 저렇게 피곤해하는데 그냥 우리끼리 가죠, 뭐. 자게 두세요."

"지가 하긴 뭘 했다고 밤낮 잠만 자요. 빈손이, 너 어서 일어나지 못해? 조상님들 보기 부끄럽다. 어서 일어나서 세수해!"

일단 산길로 들어서자 노빈손은 언제 그랬냐는 듯 신나게 산을 따라 올랐다. 역시 야생의 피가 섞였는지 자연으로 나오면 힘이 솟는 것 같았다.

"역시 난 산 체질이야. 내가 산 사나이잖아."

"형, 그렇게 겁이 많아서 산 사나이 하겠어?"

"요게!"

어제 벌초하느라 올라와 봐서 그런지 쉽게 길을 찾아 산을 올랐다. 낮인데도 풀벌레 소리가 들렸다. 숲에 드는 햇살도 좋고 갈대도 가을의 운치를 한껏 더해 주었다.

얼마쯤 가자 어제는 보지 못했던 밤나무 숲이 보였다. 떨어진 밤송이에는 알밤이 꽉꽉 여물어 있었다. 밤송이에 호되게 당한 기억이 있지만 참새가 방앗간을 그냥 지나칠 수 있으랴!

알밤 줍는 재미에 넋이 나간 노빈손은 주머니 가득 줍고 또 주웠다. 욕심 많은 노빈손은 주머니가 가득 차자 입고 있던 점퍼를 벗어 알밤을 싸서 옆구리에 찼다.

삼손이 하는 대로 알밤을 이빨로 깠다. 속껍질은 약간 떫고 저렸지만 고소한 생밤을 까먹는 재미에 흠뻑 빠져 노빈손은 기쁘기만 했다.

산길을 갈수록 망개 열매와 이름 모를 온갖 산열매들이 노빈손을 반기듯 향기롭게 익어 가고 있었다. 노빈손은 보는 족족 옆구리에 찬 점퍼에 따서 담았다.

"와, 이건 온통 먹을것 천지군! 가을 산이 내 맘을 알아주는구나!"

그때 노빈손의 눈앞에 잠자리 떼 한 무리가 팔랑팔랑 날아가는 것이 보였다.

고추잠자리, 왕잠자리, 밀잠자리… 가지각색의 잠자리들이 얇은

잠자리는 날개가 무척 아름답고 눈이 큰 곤충으로 유명하다. 우리나라에서 흔히 볼 수 있는 잠자리의 종류를 보면 고추잠자리, 밀잠자리, 노랑띠좀잠자리, 왕잠자리, 검은물잠자리, 담색물잠자리, 장수잠자리 등을 꼽을 수 있다.

9월의 탄생화 국화

9월에 태어난 사람은 정열의 주인공이다. 호기심이 많고 공부도 즐기면서 하는 타입이다. 성격이 밝고 남을 배려하는 마음도 많다. 그러나 친한 친구 일에 발벗고 나서다가 모든 일을 떠맡고는 이러지도 저러지도 못하는 경우가 많다. 따라서 이제부터는 그다지 내키지 않는 일에는 미련을 버리고 물러설 줄도 아는 법을 터득해 나가는 게 좋겠다.

날개를 파닥이며 하늘을 수놓는 모습이 참 보기 좋았다.

노빈손은 멍하니 잠자리 떼를 쳐다보다가 빙그레 미소를 지었다.

"그때가 좋았지."

노빈손은 살며시 눈을 감고 어렸을 적 추억을 떠올렸다.

어렸을 때 노빈손은 삼촌 댁을 자주 찾곤 했다. 그때는 삼손이가 갓난아기 때라 노빈손이 귀여움을 독차지하고 있었다.

노빈손은 초등학교 때를 떠올렸다.

방학만 하면 부랴부랴 짐을 싸들고 삼촌 댁에 와서 살다시피 하다가 개학 하루 전날 집으로 돌아가곤 했던 일. 서울에서는 겪어 보지 못할 많은 일들을 어렸을 적에 참 많이도 경험했었다.

몇 학년 때였는지 정확하게 기억이 나진 않지만 어느 해 여름방학 때 삼촌 댁에 왔다가 우연히 한 여자아이를 알게 되었다.

이름은 송이, 양송이였다.

그때 송이도 노빈손처럼 서울에 살았는데 방학을 맞아 친척집에 다니러 와 있던 터였다.

노빈손은 자신보다 한 살 어렸던 송이와 참으로 즐거운 여름 한때를 보냈었다. 가만히 생각해 보면 노빈손의 첫사랑은 말숙이가 아니라 송이였던 것도 같다. 아무튼 노빈손은 첫눈에 반했던 송이의 모습을 하나하나 떠올려 보았다.

그런데 다시 생각해 보니 왜 그때 자신이 송이에게 반했었는지 이해할 수가 없었다. 서울 아이답지 않게 까뭇까뭇한 얼굴에 입술

도 남들이 말하는 앵두 같은 입술은 아니었던 걸로 기억이 되었다. 게다가 눈은 쌍꺼풀 없는 약간 찢어진 작은 눈이었다. 다시 말해 송이의 눈은 단춧구멍이었다.

그런데 왜 송이에게 첫눈에 반했을까? 생각하고 또 생각해 보니 그건 다름 아닌 미소 때문이었다. 송이의 천진난만한 미소. 그때까지 자신에게 그토록 다정한 미소를 보내 온 여자아이는 없었다. 그런 노빈손에게 참으로 황홀한 기분을 맛보게 했던 장본인이 바로 송이였던 것이다. 그리고 친해진 뒤에 자세히 뜯어본 결과 송이에겐 또 다른 장점이 있었다. 그건 바로 한 갈래로 묶은 머리였다. 송이의 머릿결은 비단결이었다. 그 찰랑거리는 머릿결에 노빈손이 또 한 번 반했던 것이다.

노빈손의 기억 속에 자리잡은 송이는 무척 귀엽고 다정한 아이였다. 붙임성도 좋아서 처음 만난 노빈손을 곧잘 따라다녔다. 그런 송이가 싫지 않았던 노빈손은 눈만 뜨면 송이를 만나러 나갔다.

삼촌이 타고 다니는 커다란 자전거를 몰래 타기도 했다. 다리가 짧아 운전하기가 힘들긴 했지만 그래도 뒷자리에 송이를 태우고 마을 곳곳을 누비기에는 그것만한 게 없었다.

그리고 삼촌을 졸라 매미채도 하나 얻었었다. 그 매미채를 들고서 산으로 들로 곤충 채집을 다녔던 일, 그때 노빈손은 송이가 원하는 것이라면 별이라도 따다 줄 수 있을 것 같았다.

그런데 별을 따다 주는 일보다도 더 어려운 일이 있었다. 그것은 바로 죽은 잠자리를 살려 내는 일이었다.

봄에 알에서 깨어난 학배기는 여름까지 물속에서 지낸다 → 몸이 커지면 물 밖으로 올라간다 → 껍질을 벗고 잠자리가 된다 → 잠자리가 되면 산으로 올라간다. 여름에 고추잠자리를 좀처럼 구경하기 힘든 것은 바로 이 때문이다. 물론 이때까지는 아직 몸의 빛깔이 빨갛지 않다 → 가을까지 산속에서 산다 → 9월이 되어 기온이 내려가면 무리를 이루어 낮은 곳으로 내려온다. 이때부터 몸의 빛깔이 빨개지기 시작한다 → 가을에 짝짓기를 하고 물속에 알을 낳는다.

동물들 중에도 울 수 있는 동물이 있다. 코끼리나 수달이 그런데 정말 인간처럼 슬픈 감정 때문에 우는 것인지는 알 수 없다. 그러나 어미 수달에게서 아기 수달을 떼어 놓았을 때 눈물을 흘리는 걸 보면 그들에게도 슬픔이란 감정이 있는 거 같다. 사람들이 평균 한 번 우는 데 걸리는 시간은 약 6분이라고 한다. 즉, 한 6분 정도를 울고 나면 맘이 어느 정도 진정된다는 뜻이다. 물론 아기들은 예외이다. 1살 된 아기는 보통 한 달에 65번이나 운다고 한다.

노빈손은 그날도 송이와 즐겁게 놀았다. 매미도 잡고 잠자리도 잡으면서 말이다. 그런데 잠자리를 잡아서 놀다가 그만 잠자리를 죽이고 말았다. 사실 죽이려고 한 것은 아니었다. 잠자리를 잡아 가지고 한참 놀다 보니 잠자리가 제 스스로 죽어 있었던 것이다. 그 바람에 송이는 한바탕 울음을 터뜨렸었다.

"살려 내! 잠자리 살려 내!"

지금도 노빈손의 귓가에 송이의 울먹이는 목소리가 맴도는 것 같았다.

노빈손은 송이가 해달라는 것이라면 뭐든지 다 해줄 각오가 되어 있었다. 하지만 송이가 살려 내라는 잠자리만은 어찌할 도리가 없었다.

"안 되겠어, 으앙~."

어찌나 속이 타던지 노빈손도 덩달아 엉엉 울었다. 지금 생각하면 별것 아닌 일이었지만 그때 노빈손은 자신의 무능력함이 무지 부끄러웠다.

그렇게 한참 울고 나서 노빈손과 양송이는 잠자리를 땅에 묻어 주었다.

"오빠, 다시는 잠자리 잡지 말자. 잠자리가 너무 불쌍해."

그때 노빈손은 마음까지 고운 송이에게 마음을 홀딱 빼앗기고 말았다. 어쨌든 노빈손과 송이는 새끼손가락을 걸고 맹세했다. 다시는 잠자리를 잡지 않기로 말이다.

하지만 다음 날 노빈손과 송이는 언제 그랬냐는 듯 잠자리채를 들고 또 이리 뛰고 저리 뛰어다니며 잠자리를 잡았다.

"히히히, 오빠 잠자리 잡는 거 너무 재밌지? 그래도 어제처럼 너무 오랫동안 가지고 놀지는 말자."

"그래. 조금만 가지고 놀다가 날려 주자. 안 그러면 또 죽을 거야."

노빈손과 송이는 잠자리를 잡았다가 금세 놓아 주곤 했었다.

추억이 뽀글뽀글

그렇게 그해 여름 방학이 끝나갈 무렵이었다.

그날도 노빈손은 여느 날과 다름없이 송이와 놀았다.

자전거도 타고, 공기놀이도 하고, 술래잡기도 하며 말이다.

그런데 한참 재미있게 놀던 송이의 얼굴에 갑자기 그늘이 졌다.

"송이야, 왜 그래? 재미없니?"

노빈손이 걱정스럽게 물었다. 그러자 송이는 아무 말 없이 고개만 절레절레 내저었다.

"무슨 일인데 그래?"

"내일 엄마가 데리러 오신대. 개학이 얼마 안 남았잖아."

순간 노빈손의 얼굴도 굳어졌다. 아니 온 몸이 굳어진 느낌이었다. 벌써 개학이라니. 송이와 지낸 시간이 일주일밖에 안 되는 것 같았는데, 벌써 한 달이 지났던 것이다. 세월이 흘러가는 물과 같

11월에 태어난 당신은 꽃의 여왕인 장미처럼 친구들 사이에서 활발한 여왕 역할을 담당하는 타입이다. 그리고 약한 편을 도와주는 정의파이기도 하다. 언제나 당당하지만 한편으로는 자존심이 너무 강해 사랑에 빠지기 어려운 타입이기도 하다. 자신의 감정을 솔직히 표현하는 것이 멋진 사랑을 이루는 길이란 걸 명심, 또 명심하는 게 좋을 듯싶다.

옛날부터 새끼손가락은 기회를 상징했다고 한다. 오른쪽 새끼 반지는 수호적인 의미를 가지고 있고, 왼쪽은 소원을 표시한다. 왼쪽은 현실, 오른쪽은 정신과 관계가 깊다고 전해져 오기 때문이다.

힘자랑을 할 때 열 손가락을 서로 어긋나게 엮어 꺾어 '우드득' 소리를 내어 상대방의 기를 죽이려 든다. 이것은 관절 속에 형성된 활액 주머니가 터지는 소리. 활액이란 관절 움직임을 부드럽게 하기 위한 윤활유 같은 것으로 관절 뼈와 뼈 사이의 관절강에서 분비된다. 손가락을 꺾거나 잡아 뽑으면 당연히 관절강이 확장되고 이에 따라 그 사이에 들어 있던 활액 주머니는 비눗방울처럼 터지면서 '우드득', '오도독' 파열음을 낸다.

다더니 노빈손도 어른들의 말이 가슴속 깊이 와 닿았다.

"오빠는 언제 서울 가?"

"으응, 나도 곧 가야지."

노빈손은 그 순간 시간이 멈춰서 해가 지지 않았으면 하는 생각이 들었다.

송이와 헤어져야 한다는 생각에 마음 한구석이 뻥 뚫린 듯 허전했다. 아니, 섭섭했다. 그 섭섭함이란 이루 말로 표현할 수 없었고, 그런 마음도 노빈손이 태어나서 처음 느껴 보는 것이었다.

"우리 서울 가서도 연락하자."

"그래, 오빠."

노빈손과 송이는 새끼손가락을 걸고 꼭꼭 약속했다. 그런데 노빈손은 아무래도 그것만으로는 모자란다는 느낌이 들었다.

"송이야, 우리만의 약속을 하는 건 어때?"

"우리만의 약속?"

송이가 얼떨떨한 표정을 지었다.

"송이야, 네가 가지고 있는 것 중에서 네가 제일 아끼는 게 뭐야?"

"머리띠랑 목걸이."

"그걸 상자에 담아서 묻자. 나도 내가 제일 아끼는 걸 묻을게. 이게 바로 우리만의 타임캡슐이지. 이담에 와서 같이 파보자."

"타임캡슐? 오빠는 역시 멋지다니까."

송이의 칭찬에 노빈손은 어깨를 으쓱거렸다.

"오빠, 우리 서로에게 비밀 편지를 써서 담는 건 어때? 이담에 와서 보면 재미있을 거야."

"그거 좋겠는걸."

노빈손은 딱지, 미니카 그리고 송이에게 쓴 비밀 편지를 비닐에 싸서 상자에 담았다.

송이도 머리띠, 목걸이, 인형 그리고 노빈손에게 쓴 비밀 편지를 비닐에 싸서 상자에 담았다. 그리고 마을 어귀에 있는 느티나무 쪽으로 갔다.

"이 나무 밑에 파묻자."

"좋아!"

송이가 손뼉을 치며 폴짝폴짝 뛰었다. 노빈손도 자신이 기특한 생각을 해냈다는 생각이 들어 흐뭇한 미소를 지었다.

"자, 어서 파자."

노빈손과 송이는 열심히 느티나무 근처 흙을 파헤쳤다.

땅을 파는 일은 그리 만만한 일이 아니었다. 둘은 땀을 뻘뻘 흘리며 꽤 오랫동안 땅을 팠다.

혹시라도 누가 볼까 봐 조심스럽게…….

"이 정도면 충분할 거야."

노빈손이 손을 툭툭 털고 상자를 구덩이에 넣었다. 노빈손의 말대로 작은 상자가 구덩이 안에 쏙 들어갔다.

상자를 묻고 난 자리에 막대기 하나를 꽂아 두는 걸로 일은 마무리가 되었다.

예로부터 느티나무는 마을 사람들의 좋은 휴식처로 대화를 나누거나 쉴 수 있는 정자나무 역할을 하였다.

느티나무의 높이는 30m 정도이고, 둘레는 약 3m에 이른다. 나무 껍질은 회색을 띠며 비늘 조각 모양으로 덮여 있다. 잎은 타원형으로 어긋나고, 꽃은 4~5월에 엷은 황록색으로 한 그루에서 암꽃과 수꽃이 따로 핀다. 10월에 작고 동그란 열매를 맺는다.

추억을 더듬으며 걷다 보니 어느새 노빈손은 느티나무 앞에 와 있었다.

노빈손은 주위를 두리번두리번 둘러보았다.

"여기였던 것 같은데……."

노빈손은 고개를 갸웃거리며 느티나무 밑을 파보았다. 그러나 상자는 보이지 않았다.

"여기였나?"

노빈손은 다른 곳을 파보았다. 하지만 이번에도 상자는 없었다.

그렇게 여기저기 파헤치다 보니 결국 느티나무 둘레를 모두 파고야 말았다.

"휴~, 분명히 느티나무 근처에 묻었는데……."

그때 동네 할아버지가 고래고래 소리를 지르며 달려왔다.

"웬 놈이냐? 느티나무를 죽이는 놈이 누구냔 말이야!"

지팡이를 들고 달려온 할아버지는 다짜고짜 꾸중을 하셨다.

"이놈아! 이 나무는 우리 마을을 지켜주는 소중한 나무야. 그런데 감히 나무를 뽑아버리려고 해!"

"아, 아니에요, 저는 그냥……."

"그냥 뭐? 예전에도 어떤 놈들이 느티나무 밑에다 쓰레기 상자를 묻어 놓아서 치우느라고 고생했는데, 네놈도 그 짓을 할 작정이었냐?"

할아버지는 점점 더 무서운 기세로 지팡이를 이리저리 휘두르며 노빈손을 위협했다. 하지만 노빈손에겐 아무 소리도 들리지 않았다. 오직 '상자' 라는 말밖엔.

"상자요? 할아버지, 그때 그 쓰레기 상자 안에 뭐가 들어 있었나요?"

"뭐가 들어 있긴. 웬 종이쪼가리랑 고장난 애들 장난감이었지. 으이구, 파렴치한 것들."

할아버지는 몸까지 부들부들 떨면서 기억을 떠올렸다.

"할아버지, 그 상자를 어떻게 하셨나요?"

"어떻게 하긴. 쓰레기는 그저 태워 버리는 게 제일이야. 모두 불태웠다고."

이럴 수가! 송이와의 약속이 연기로 사라졌다니.

"그, 그건 송이랑 나의……."

노빈손은 더 이상 말을 잇지 못했다.

할아버지의 오해가 노빈손과 송이의 추억을 빼앗아가 버린 것이다.

"후유~."

노빈손은 길게 한숨을 내쉰 뒤 배 밭 쪽으로 눈을 돌렸다.

배 밭 역시 송이와의 아련한 추억이 깃든 곳이었다.

그날, 그러니까 노빈손과 송이가 느티나무 밑에 상자를 묻은 날, 둘은 헤어지기 싫어서 저녁 늦게까지 함께 있었다. 행여라도 어른들이 자신들을 찾을까 봐 배 밭에 숨어 있었다.

아직 익지도 않은 배를 따서 노빈손 한 입, 송이 한 입 베어 먹기

중요한 과일의 하나인 배는 배나무의 열매로 단맛이 있고, 수분이 많다. 일본배, 중국배, 서양배의 3품종으로 나누어지는데, 우리나라에서 재배되는 대부분의 배는 신고, 장십랑 등 일본배 계통이라고 한다. 배나무는 유럽과 아시아의 온대에 분포하는 갈잎큰키나무로, 우리나라 중부 이남에서 잘 자란다. 높이는 2~3m가량이고, 잎은 어긋나며 긴 타원형이다. 4~5월에 흰색 꽃이 잎겨드랑이에서 피고, 열매인 배는 9~10월에 누렇게 익는다. 참배, 산돌배, 돌배 등 많은 종류가 있다.

불꽃놀이는 고대 중국에서 경축 행사를 위해서 특별히 군사용 화포를 개량하여 폭죽을 쏜 데서 유래했다고 한다. 중세 유럽에서 불꽃놀이는 서구세계 전반에 걸쳐 군사용 폭발물의 확산을 가져왔으며, 군사용 화약 전문가들은 군대에 소집되어 승리와 평화를 축하하는 불꽃놀이 행사를 담당하도록 했다. 19세기 들어 마그네슘과 알루미늄 같은 새로운 재료의 등장으로 불꽃놀이는 더욱 화려한 모습으로 발전되었다.

도 했다.

"오빠, 노을 좀 봐. 정말 멋지지?"

송이가 앞산에 붉게 깔린 저녁 노을을 가리키며 좋아했다.

"우리, 기도할까? 오빠랑 나랑 앞으로도 계속 만날 수 있게 해달라고."

송이는 저녁 노을을 향해 두 손을 모으고 기도를 시작했다. 노빈손은 그런 송이를 물끄러미 바라보고만 있었다. 기도를 끝낸 송이가 노빈손을 바라보았다. 둘은 잠시 아무 말도 하지 않고 서로를 바라보기만 했다.

그때였다.

“빈손아!”

“송이야!”

노빈손과 송이를 찾는 어른들의 목소리가 들려왔다.

“애들이 어딜 간 거야?”

어른들의 걱정스런 목소리가 점점 더 가까이 들려왔다.

그러고 보니 주위가 어둑어둑해져 있었다. 저녁밥 먹을 때가 되었는데, 안 들어오니까 어른들이 발벗고 나선 것이다.

둘은 얼마 못 가 눈에 띄었다.

“여기서 뭘 하는 거니? 얼른 가서 저녁 먹어야지.”

노빈손과 송이는 어른들의 손에 이끌려 집으로 돌아갔다.

노빈손이 송이를 본 것은 그게 마지막이었다.

제대로 인사도 못 했는데, 송이는 아침 일찍 엄마를 따라 서울로 올라간 것이다.

게다가 다음 방학이 되어도 노빈손은 송이를 볼 수 없었다. 왜냐하면 송이가 그해 겨울에 미국으로 이민을 갔기 때문이었다.

그 뒤로 노빈손은 여러 해 동안 쓸쓸한 방학을 보냈다.

방학 때마다 삼촌 댁에 가서 느티나무 근처를 뱅뱅 돌곤 했었다. 그게 노빈손의 유일한 낙이기도 했다. 당장이라도 땅에 묻은 상자를 꺼내어 송이의 비밀 편지를 읽어 보고 싶었지만 참았었다. 송이와 함께 파보기로 한 약속 때문이었다. 그런데 엉뚱하게도 동네 할아버지에 의해 상자가 사라졌으니, 허탈하기 그지없었다.

“지금 만나면 서로 알아볼 수 있을까?”

하늘로 던진 공이 다시 땅으로 떨어지고 물이 낮은 곳으로 흐르듯 자연은 항상 낮고 안정된 상태를 좋아한다. 각각의 원소도 마찬가지이다. 이 원소를 불길에 넣으면 에너지를 얻은 전자가 더 높은 에너지 상태로 가게 된다. 이것을 들뜬다고 표현한다. 이렇게 들뜬 전자는 다시 원래의 낮은 에너지 상태로 되돌아가고 싶어하는데, 원래 있던 자리로 돌아가면서 에너지를 방출한다. 이 방출된 에너지가 우리가 보는 불꽃 색으로 나타나는 것이다. 각 원소별로 전자의 에너지 준위가 다르기 때문에 원소의 불꽃 색은 각각 다르게 나타나게 된다.

147

강강술래는 전라남도 남해안 지방에 전승된 놀이이다. 한가위 저녁, 젊은 아낙네와 처녀들이 넓은 마당에 모여 손에 손을 잡고 원을 그리면서 노래하고 춤을 춘다. 처음에는 목청이 빼어난 사람이 앞소리를 매기면 나머지 사람들은 뒷소리를 받으면서 춤을 춘다. 느린 가락에 맞추어 춤을 추다 조금 지나면 노래와 춤이 빨라지기 시작한다. 강강술래의 유래에 대해서는 정확하게 밝혀지지 않았고 임진왜란 때 이순신 장군이 아낙네들을 모아 군복을 입히고 수십 명씩 무리를 지어 산봉우리를 돌게 하여 멀리 떨어져 있는 왜적에게 마치 수만의 대군이 산봉우리를 내려오는 것처럼 보이게 하였다고 한다.

노빈손은 눈을 감은 채로 송이의 얼굴을 떠올리며 혼잣말을 뱉었다.

달 달 무슨 달! 쟁반같이 둥근 달!

삼촌 집으로 돌아온 노빈손은 대자로 쭉 뻗어 버렸다. 산에서 이리저리 뛰어다닌 덕에 너무나 피곤했던 것이다.

"형, 피곤해?"

삼손이 노빈손의 주위를 빙빙 돌며 물었다.

"그럼 피곤하지 안 피곤하냐? 아우, 꼼짝도 못 하겠다."

"진짜? 에이 안타깝다. 형이랑 이따가 폭죽 터뜨리려고 내가 학교 앞에까지 나가서 폭죽 사다 놨는데… 아쉽다. 오늘 보름달이 잘 보일 거래. 난 동산에 올라가서 소원 빌 거야. 형은 푹 쉬어. 난 동네 애들하고 놀고 올게."

노빈손은 폭죽에다가 달맞이 얘기에 귀가 솔깃해졌다.

"내가 너무 피곤하지만 너희들끼리 폭죽 같은 거 갖고 놀면 위험하니까 보호자 자격으로 함께 가주지."

정색을 하며 벌떡 일어난 노빈손은 옷을 입고 앞장섰다.

벌써 날이 어둑어둑해지고 있었고 여기저기서 폭죽 터뜨리는 소리가 들렸다. 동네 아이들이 동산으로 올라가는 게 보였다.

"삼손아, 요샌 시골에서도 폭죽 터뜨리고 노냐?"

"응. 얼마나 신나고 재밌는데."

"그런 거 있잖아. 달 보면서 강강술래 하는 거. 둥글게 손잡고 서서 빙빙 돌면서 소원도 빌고 말야. 얼마나 낭만적이니?"

"에이 형, 요새 누가 그런 거 해? 시시하게!"

"그게 뭐가 시시해? 우리 어릴 때는 골목에서 애들하고 손잡고 강강술래 했는데, 그러면서 좋아하는 여자애 손도 잡고 얼마나 좋은 놀인데……."

동산에 가까이 갈수록 폭죽 터뜨리는 소리가 점점 크게 들렸다.

"형, 우리도 터뜨리면서 올라가자."

"그래."

노빈손과 삼손은 폭죽에 불을 붙여 높이 쳐들었다. 어둑한 저녁 하늘에 별처럼 반짝이며 타들어가는 불꽃을 보니 고상해의 촉촉한 눈망울이 떠올랐다.

'고상해는 잘 있을까? 시골로 내려갔으면 어쩌지?'

어느새 둥글고 환한 보름달이 동산 위로 살짝 고개를 치켜들었다. 동네 아이들이 술렁이기 시작했다. 점점 많은 폭죽이 퍽퍽 터지고 마을 동산은 축제 분위기였다. 노빈손은 달을 보고 소원을 빌었다.

'달님, 고상해랑 친하게 지낼 수 있게 해주세요. 네? 달님.'

일년 중에 가장 풍성하고 넉넉해 보이는 한가위 달이었다. 노빈손에게 근사한 시상이 떠올랐다.

도시 지역에서는 그 주변 지역보다 기온이 높게 나타나서 등온선이 동심원상으로 그려지는데, 이 같은 고온 지역을 열섬이라고 한다. 열섬은 인간에 의한 기후 개조의 상징이라고 할 수 있으며, 그것은 도시 지역에서 방출되는 각종 에너지에 의해 도시 상공을 덮고 있는 대기가 가열되기 때문에 형성된다. 열섬은 계절적으로 보아 일교차가 비교적 큰 봄이나 가을에 더욱 뚜렷하게 나타나고 있는데 같은 계절이라도 기압 배치, 관측시간 등에 따라서 달라지기도 한다.

사파이어는 '가을의 보석'으로 알려져 있다. 사파이어를 몸에 지니고 있으면 끝없는 행운이 온다고 전해져 온다. 청명한 가을 하늘과 같은 색깔을 가진 사파이어는 기독교에선 성 바울의 상징으로 정해져 있다. 그래서 유럽에서는 성직자들의 반지로서 애용돼 왔고 현재도 전해지고 있다.

달 좀 보소

달 좀 보소

다알 좀 보소

동지섣달 꽃 본 듯이

달 좀 보소

아리아리랑 쓰리쓰리랑

아라리가 났네~

'어? 어디서 들어 본 것 같은데…….'

노빈손은 동네 조무래기들을 모아 놓고 강강술래를 가르쳤다.

"너네, 이런 놀이 해봤어?"

"아뇨, 테레비에선 많이 봤어요."

"그래? 우리도 한번 해보자. 돌면서 소원 빌어, 알았지? 폭죽 터뜨리는 것만 너무 좋아하지 말고 우리 전통놀이도 해보자. 알았지?"

"네에~ 근데 오른쪽으로 돌아요? 아님 왼쪽으로 돌아요?"

"너, 돌고 싶은 대로 돌아."

"어 그럼 왼쪽으로 돌아야지. 난 왼손잡이니까."

"싫어, 난 오른쪽으로 돌 거야."

아이들은 별것도 아닌 걸 가지고 실랑이를 벌였다.

"자, 사소한 것 가지고 싸우지들 말고 힘센 사람이 끌어당기는 쪽으로 돌아라. 알겠지? 자, 시~작!"

아이들은 신나서 원을 그리며 강강술래를 외쳤다. 노빈손은 동심으로 돌아가 아이들과 빙빙 돌고 또 돌았다.

"강강술래, 강강술래……."

풍성한 달빛과 아이들의 우렁찬 목소리가 마을을 평화롭게 감싸 안았다.

가을 별자리

북
삵괭이
큰곰
마차부
카펠라
기린
북극성 작은곰
목자
용
왕관
뱀
페르세우스
플레이아데스
삼각형
카시오페이아
케페우스
직녀성
헤르쿨레스
도마뱀
데네브
백조
안드로메다
거문고
동
서
페가수스
사각형
여우
뱀주인
물고기
돌고래
화살
페가수스
조랑말
견우성
뱀
독수리
방패
고래
물병
염소
궁수
조각실
포말하우트
남쪽물고기
현미경
남

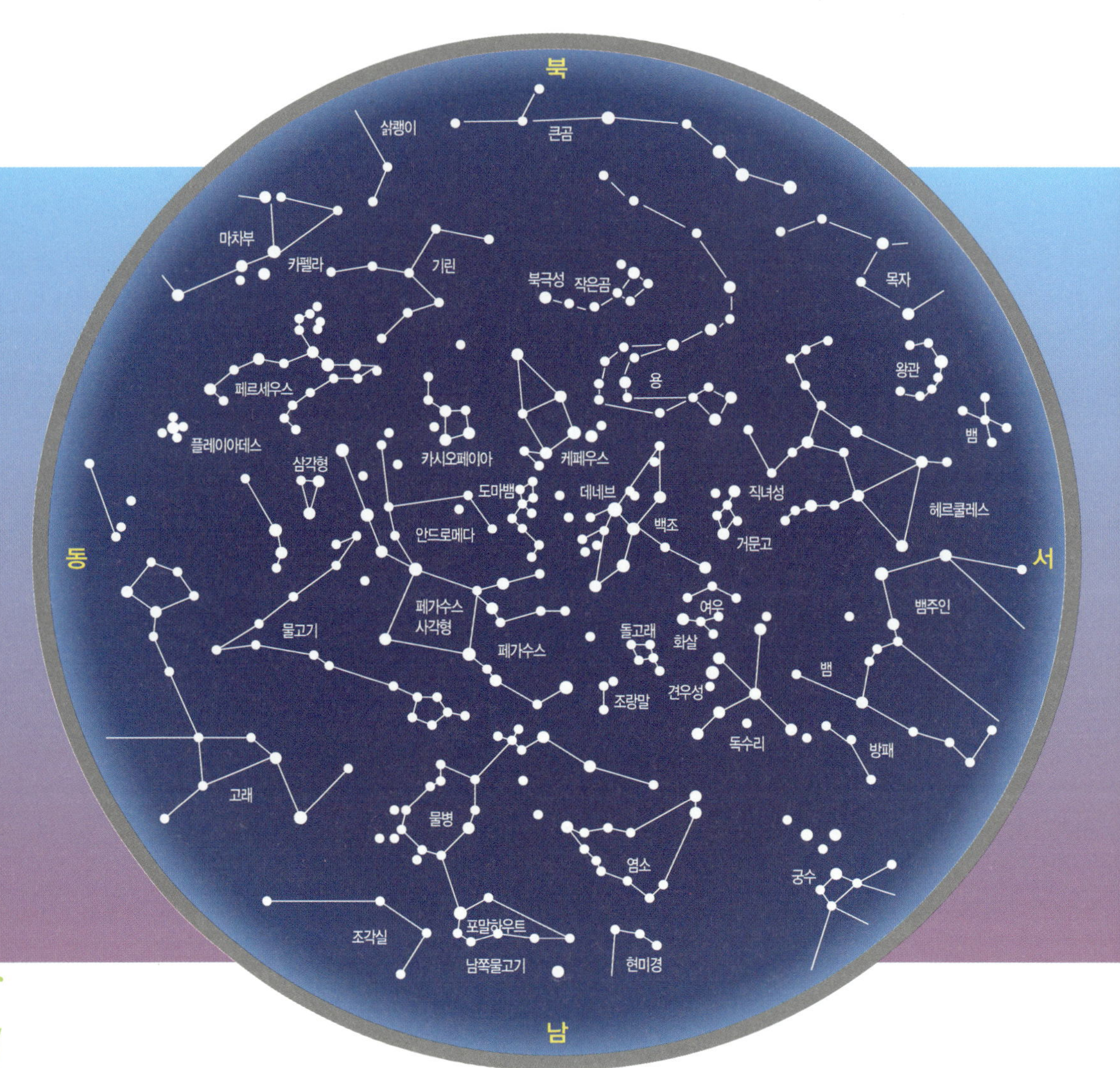

귀뚜라미가 울어 대는 가을 밤이면 하늘에도 화려한 별자리가 펼쳐진다.

가을철 밤 하늘에서 볼 수 있는 별자리 가운데 길잡이가 되는 별자리는 사각형의 페가수스자리, V자형의 안드로메다자리, 반달형의 남쪽물고기자리이다. 그리고 밝은 별자리로는 S자형의 페르세우스자리, 삼각형의 양자리, V자형의 물고기자리, 역삼각형의 염소자리, 오각형의 머리를 가진 고래자리가 있다. 어두운 별자리로는 삼각형의 삼각형자리, 찌그러진 사각형의 조랑말자리, 도마뱀자리가 있다.

별자리를 찾기는 그리 쉽지 않다. 하지만 밤하늘을 친근한 마음으로 올려보다 보면 어느 틈엔가 속속 별자리들이 눈에 들어올 테니, 너무 조급해하지 말길!

페가수스자리

가을은 밤 하늘에서 밝은 별을 보기 힘든 철이기도 하다. 밝은 별이 많지 않은 가을철의 밤 하늘에서 페가수스자리는 가장 눈에 잘 띄는 별자리이다.

이때 밤 하늘을 보면 네 개의 별이 커다란 사각형을 이루고 있는 것을 볼 수가 있다. 이 별들은 날개를 펴고 하늘을 날아다닌다는 말, 즉 페가수스의 몸통에 해당하는 것으로 흔히 '가을의 사각형'이라고 부른다.

하늘에서 보이는 페가수스는 배를 위로 하여 거꾸로

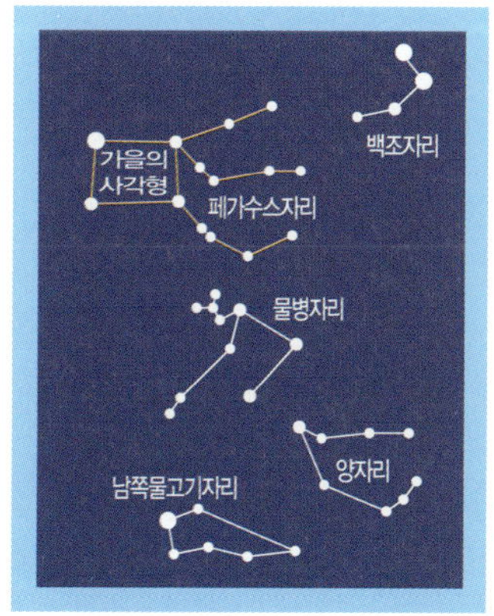

나는 모습을 하고 있다. 사각형 아래쪽의 두 별은 말의 등이 되고, 여기서 뻗어 나온 별들은 목과 머리가 된다. 또 북쪽으로 향한 별들은 말의 튼튼한 다리이다.

별자리를 찾는 방법

밝은 2등성을 세 개나 갖고 있고 모양 또한 독특하기 때문에 쉽게 찾을 수 있다. 이 별자리의 중심 부분에 해당하는 '페가수스 사각형(Square of Pegasus)'은 가을철의 대표적 길잡이 별이다. 가을철에 머리 위에서 가장 밝게 빛나는 별이 바로 이 별이다. 사각형의 한 변의 길이가 북두칠성의 손잡이와 비슷하다는 것을 염두에 두면 좀 더 수월하게 발견할 수 있다. 주의해야 할 것은 하늘에는 페가수스의 상반신만 보인다는 점이다.

페르세우스자리

늦가을의 밤이 깊어 갈 무렵, 카시오페이아자리를 따라 북동쪽 지평선 위로 올라가면 S자형의 페르세우스자리를 볼 수 있다. 페르세우스는 괴물 고래를 물리치고 에티오피아의 안드로메다 공주를 구한 그리스 신화 속의 영웅이다.

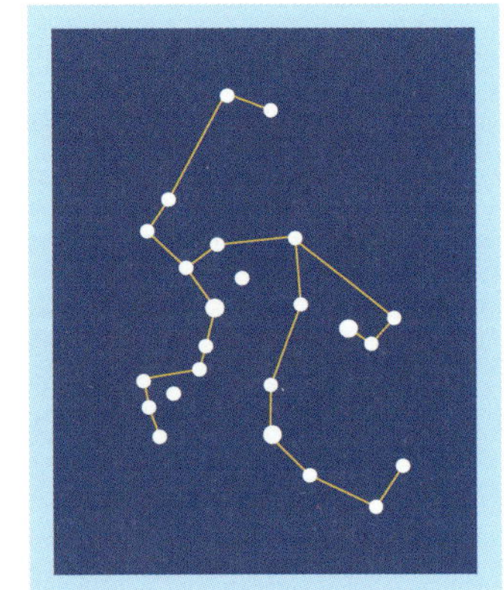

페르세우스자리는 오른손에는 칼을, 왼손에는 괴물 메두사의 머리를 들고 있는 모습을 하고 있다. 그리고 페르세우스는 밤 하늘에서 가장 행복한 별자리로 꼽히고 있다. 왜냐하면 바로 옆에 아름다운 아내 안드로메다가 있고, 장인 케페우스와 장모 카시오페이아가 앞에서 길을 인도해 주기 때문이다.

별자리를 찾는 방법

카시오페이아자리의 동쪽을 빛내는 별자리로 카시오페이아자리가 떠오르면 동쪽 하늘에 보이기 시작한다. 이 별자리의 북쪽의 알파(α) 별을 중심으로 북극성을 향해 길게 호를 이루고 있는데 이것을 '페르세우스의 호(Segment of Perseus)' 라고 한다. 가을철의 대표적 길잡이 별인 '페가수스 사각형'의 북동쪽 꼭지점에서 안드로메다자리의 2등성을 이어 보면 네 번째에 만나는 별이 바로 페르세우스 자리의 알파(α) 별이다. 그러나 어두운 별이 많아서 전체적인 별자리 모양을 알아보기는 조금 어렵다.

남쪽물고기자리

남쪽물고기자리는 가을을 상징하는 별자리이다. 주변에 별로 밝은 별이 없어서 쓸쓸한 느낌이 들기는 하지만 별자리를 찾기는 아주 좋다.

남쪽물고기자리는 아래쪽으로 약간 휜 반달형이며 물에서 튀어오르는 물고기 모양을 하고 있다.

별자리를 찾는 방법

페가수스 사각형이 남쪽물고기자리까지의 길을 인도한다. 사각형의 서쪽 베타(β) 별과 알파(α) 별을 이어 남쪽으로 3배 정도 연장하면 밝은 1등성이 바로 눈에 들어온다.

염소자리

염소자리는 가을을 알리는 첫번째 별자리이다.

염소자리는 삼각형을 거꾸로 세워 놓은 듯한 모습을 하고 있다.

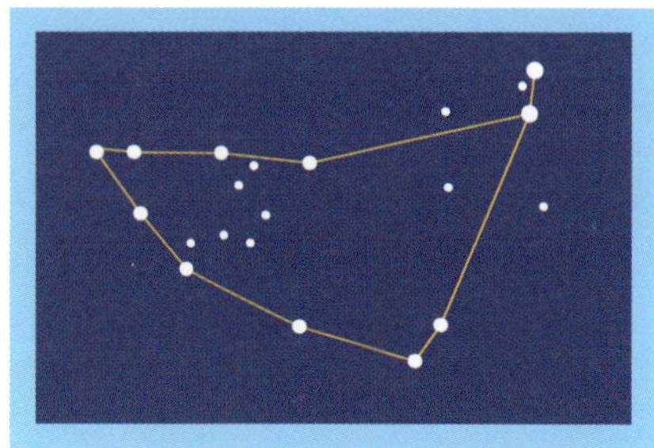

염소자리의 머리는 궁수자리를 향하고 있고, 꼬리는 물병자리 쪽을 향하고 있다. 왜냐하면 염소자리의 윗부분은 염소 모양이지만 아랫부분은 물고기의 모습을 하고 있기 때문이다.

별자리를 찾는 방법

주변에 특별히 밝은 별이 없기 때문에 쉽게 찾을 수 있는 염소자리는 먼저 독수리자리의 알파(α) 별과 거문고자리의 알파(α) 별을 찾는다. 독수리자리의 알파(α) 별의 양 옆에 나란히 있는 두 별(독수리자리의 베타[β] 별과 감마[γ] 별)을 따라 거문고자리의 알파(α) 별에서 독수리자리의 알파(α) 별을 연결한 선을 연장하여 나간다. 거의 같은 거리만큼 연장하면 역삼각형의 한쪽 끝에 해당하는 염소자리의 알파(α) 별 알게디와 베타(β) 별 다비흐를 찾을 수 있다. 역삼각형의 다른 쪽 끝에 해당하는 델타(δ) 별 데네브 알게디를 찾으면 나머지 별들은 쉽게 찾을 수 있다.

화살자리

초가을에 동쪽 하늘의 은하수 가운데쯤에서 볼 수 있는 아주 작은 별자리가 바로 화살자리이다. 네 개의 별이 Y자형의 화살 모양을 하고 있다.

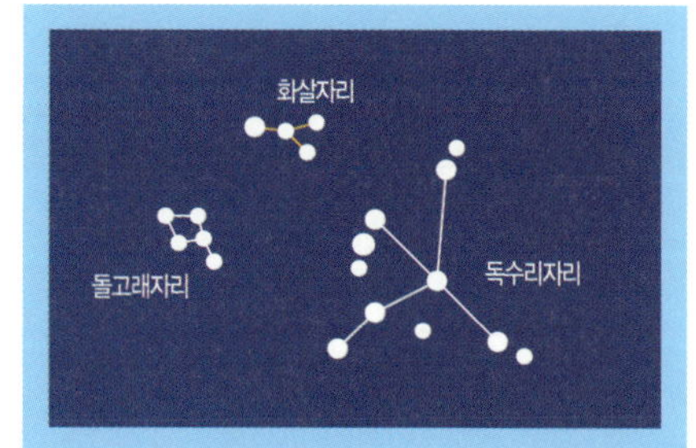

별자리를 찾는 방법

화살자리는 모양이 뚜렷해서 금방 찾을 수 있다. 독수리자리의 알파(α) 별 견우와 백조자리의 베타(β) 별 알비레오를 연결하면 그 중간에 화살 모양을 한 네 개의 별들을 찾을 수 있다.

　조랑말자리는 기원전 2세기경에 그리스의 유명한 천문학자인 히파르코스가 처음으로 발견했다. 크기가 워낙 작아서 잘 알려지지는 않았지만 오랜 옛날부터 있었던 별자리이다.

　조랑말자리는 우리나라에서 볼 수 있는 별자리 중에서 가장 작은 별자리에 속한다.

　희미한 별들이 모여 길고 가느다란 사각형 모양을 하고 있는 조랑말자리는 페가수스의 코 바로 앞에 있다.

별자리 찾는 방법

　조랑말자리는 남십자자리 다음으로 하늘에서 가장 작은 별자리로 우리나라에서 볼 수 있는 별자리 중에서는 가장 작은 별자리이다. 독수리자리의 견우(Altair)와 페가수스자리의 에니프(Enif) 별을 이은 선에서 에니프 별 쪽으로 3분의 4쯤 되는 곳에서 윗부분이 걸려 있는 찌그러진 사다리꼴 모양을 찾으면 된다.

화살자리 이야기

올림포스 산에 살고 있는 제우스는 불을 이용해 맛있는 요리를 만들었다. 그리고 대장간의 신인 헤파이스토스에게 불의 사용법을 일러주기도 했다.

이때 제우스의 불을 무척 부러워한 신이 있었다. 그는 바로 여러 가지 발명품을 만들어 인간들에게 지혜와 문화를 전해 주던 프로메테우스였다.

"인간들이 불을 갖게 되면 편안한 생활을 할 수 있을 텐데……."

궁리를 하던 프로메테우스는 용기를 내어 제우스를 찾아갔다.

"제우스여, 인간들도 불을 사용할 수 있게 해주십시오."

"뭐야? 말도 안 되는 소리 하지 말고 썩 물러가거라!"

그러나 프로메테우스는 포기하지 않았다. 그러다가 마침내 좋은 방법을 생각해 냈다.

프로메테우스는 커다란 회향 줄기를 말려서 반으로 잘랐다. 그런 뒤 불이 활활 타오르고 있는 벽난로 옆을 지날 때 그 줄기를 불 속에 집어넣어 줄기 안에 있는 연한 부분에 불이 붙도록 했다.

조금 있자 불 속에 넣었던 줄기 안쪽의 연한 부분에서 연기가 피어오르기 시작했다.

"성공이야! 어서 인간들에게 불의 사용법을 알려 줘야지."

프로메테우스는 회향 줄기를 들고 서둘러 올림포스 산을 내려왔다.

마침내 프로메테우스는 인간들에게 불의 사용법을 일러주었다. 프로메테우스 덕분에 인간들은 불을 이용해 음식도 만들어 먹고, 쇠를 녹여서 연장을 만들어 쓰기도 했다.

    그러던 어느 날, 인간 세상을 내려다
보던 제우스는 깜짝 놀라고 말았다.

    "아니, 저건 불빛이잖아!"

    어리둥절해진 제우스는 어떻게 인간

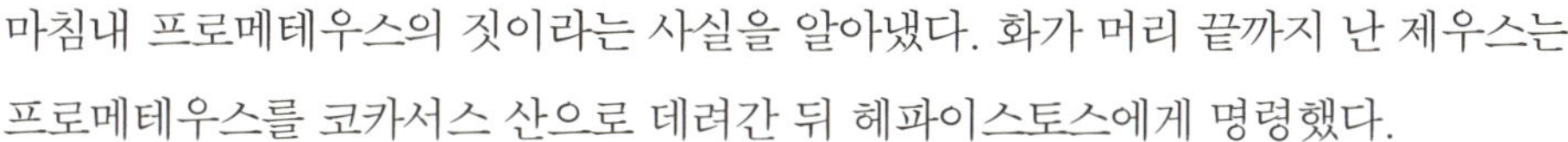

세상에 불이 전해지게 되었는지 알아보았다. 그리고
마침내 프로메테우스의 짓이라는 사실을 알아냈다. 화가 머리 끝까지 난 제우스는
프로메테우스를 코카서스 산으로 데려간 뒤 헤파이스토스에게 명령했다.

    "저녀석을 당장 바위에 묶어라!"

    헤파이스토스는 제우스의 명령대로 프로메테우스를 바위에 꽁꽁 묶었다.

    그러자 제우스는 큰 소리로 독수리들에게 호령했다.

    "독수리들아, 프로메테우스의 몸을 갈기갈기 쪼거라!"

    그날부터 독수리들은 프로메테우스의 몸과 내장을 쪼아먹었다. 그런데 프로메
테우스는 신의 몸을 가졌기 때문에 죽지 않았다. 낮 동안 독수리들에게 뜯겨 갈갈
이 찢어졌던 몸이 밤이 되면 다시 원상복귀되었던 것이다. 그러면 다음 날 또다시
독수리 떼가 몰려와 그의 온몸을 갈기갈기 찢어 놓았다.

    그러던 어느 날, 헤라클레스가 프로메테우스가 묶여 있는 곳을 지나게 되었다.

    "아니, 어찌하여 독수리 떼가 신의 내장을 쪼아 먹고 있는 건가!"

    헤라클레스는 독수리 떼를 향해 있는 힘껏 화살을 쏘았다. 헤라클레스가 쏜 화
살은 모두 독수리들에게 박혔다. 이때 프로메테우스를 구하기 위해 헤라클레스가
쏜 화살이 바로 가을 밤 하늘에 빛나는 화살자리가 된 것이다.

달에 관한 짧은 보고서

'푸른 하늘 은하수 하얀 쪽배엔 계수나무 한그루 토끼 한 마리…….'

'달아 달아 밝은 달아 이태백이 놀던 달아, 저기 저기 저 달 속에 계수나무 박혔으니…….'

우리 조상들은 달 속에 방아 찧는 토끼가 산다고 생각했다. 과연 그 토끼는 정말 거기서 방아를 찧고 있을까? 여지껏 빻아왔다면 절구가 가루가 되었겠지!

1969년 아폴로 우주선이 달에 착륙했던 곳, 달의 바다. 달에서 어둡게 나타나는 이곳은 표면이 평평하기 때문에 아폴로 우주선의 착륙지로 선택됐다. 달에도 산이 있고 평야가 있었던 것이다. 세계는 경이로워했다. 그렇다고 고 깍쟁이 같은 달이 모든 걸 다 보여 주었을려고!

지구와 가장 가까이 있는 이웃 별, 그러면서도 언제나 신비롭게 다가오는 이유는 뭘까? 신비로움을 간직하고 싶다는 듯이, 모든 걸 다 보여 주지는 않겠다는 듯이 언제나 창백한 얼굴로 고고하게 지구에게 한쪽 면만 보여 주는 달! 우리 조상들은 달에 대해 어떻게 생각했을까?

달에 사는 토끼와 두꺼비

1500년 전 고구려 고분 속에 그려진 벽화에는 달이 그려져 있다. 그런데 달 속을 잘 들여다보면 두꺼비와 토끼가 등장한다. 조선시대에도 허난설헌의 시를 보면 달 속에 옥두꺼비와 빨간색 영험한 약을 찧고 있는 토끼가 등장한다. 민화 속에도 옥토끼가 등장하고 중국 신화에도 두꺼비도 등장한다. 달 속의 등장인물이 하나

더 있었다니. 낯설다고 ? 글쎄…….

이야기 속으로 풍덩!

태평성대의 요 임금 때 재앙이 닥쳤다. 하늘에 해가 갑자기 열 개나 나타나 만물이 타들어가는 무서운 재앙이 일어난 것이다. 해는 원래 하늘나라 임금의 아들들이었는데, 철부지 장난을 친 것이었다. 지상에 모든 생물들은 뜨거운 태양에 타들어 가기 시작했다. 요 임금은 하늘에 간절히 빌었다. 그 정성에 감동한 하늘나라 임금은 명사수인 이예 장군을 땅 위로 보냈다. 이예 장군은 그의 부인 항아 선녀와 함께 내려왔다. 지상은 마치 지옥과 같았다. 이예는 화살을 쏘기 시작했다. 화살이 적중할 때마다 하늘엔 불꽃놀이가 펼쳐졌고, 까마귀가 한 마리씩 떨어졌다.

해의 정기가 바로 까마귀였던 것이다.

그러나 아들들이 죽는 모습을 지켜보던 하늘의 임금은 이성을 잃었다. 그의 원래 의도는 이예에게 그냥 아들들이 정신을 차리도록 겁을 주라는 것이었다. 하늘나라 임금은 이예를 추방하고 항아도 덩달아 쫓아냈다. 두 사람은 신이 아닌 인간이 된 것이다. 좌절의 나날을 보내던 이예는 세상 구경을 떠났다가 두 사람 몫의 불사약, 즉 영원히 죽지 않는 약을 얻었다. 그런데 항아는 남편 몰래 약을 모두 마셔 버렸다. 얼마나 오래 살고 싶었으면, 죽지 않는 불사약 앞에선 사랑도 별거 안 보였나 보다. 욕심 많은 항아 같으니라구!

그녀는 몸이 가벼워져 날게 됐으나, 아직 용서받지 못한 몸이라는 사실을 깨닫고 잠시 달에 가서 사태를 구경하기로 했다. 그러나 불사약을 두 사람 몫이나 먹은 탓에 부작용이 생겨 몸이 오그라들더니, 그만 두꺼비로 변했다. 이리하여 달에는 두꺼비가 생겨났다. 물론 약절구 찧고 있는 토끼와 아무리 도끼로 찍어도 다시 아물어 버리는 신비로운 계수나무는 이유는 알 수 없지만 원래부터 있었다고 한다.

위의 이야기는 중국 신화이다. 그렇다면 고구려 고분에 나오는 토끼와 두꺼비는 무엇인가. 사실 활쏘기의 명수로 등장하는 이예 장군은 동이족인 우리 민족을 나타낸다. 항아 선녀나 달 두꺼비 역시 동이족의 신화였던 것이다. 아무튼 달 토끼와 달 두꺼비는 수천 년 전부터 달에 살고 있던 우주인이었나 보다. 물론 토끼와 두꺼비의 형상은 달의 밝은 부분과 어두운 부분이 조화를 이뤄 만들어진 작품일 뿐이다. 그리고 보면 조상들의 상상력도 만만치 않았던 것 같다.

보름달이 뜨면 한 낯선 남자가 머리를 감싸며 괴로워한다. 그러더니 어느 틈엔가 그의 팔에 털이 부숭부숭 나더니 온몸을 뒤덮어 버리고 그의 얼굴은 늑대로 변해 버린다. 뱀파이어는 송곳니를 번뜩이며 먹잇감을 찾아 떠나고 드라큘라의 관이 스르르 열리기 시작한다.

왜 보름달만 뜨면 늑대인간, 드라큘라, 뱀파이어가 그 모습을 드러낼까?

중세 유럽 사람들은 보름달이 사악한 기운을 불러일으킨다는 믿음을 갖고 있었다. 그래서 보름달이 뜨면 사람들이 포악해지고 살인이나 자살, 나쁜 사고들이 일어난다고 생각했다. 실제로 미국에선 보름달이 뜨는 날 평소보다 범죄가 더 많이 일어났고 폭행사건이나 자살도 더 많이 일어났다고 보도되었다.

그렇다면 정말 보름달엔 나쁜 기운이 있는 걸까?

그렇지 않다. 위에서 말한 사건들은 평소보단 보름달이 뜰 때 많이 일어났지만 보름달이 떴을 때보단 초승달이 떴을 때 더 많이 일어났다고 한다. 말하자면 보름달과 나쁜 사건들과는 별로 관계가 없는 것이다.

서양 사람들이 보름달이 뜨는 날에 나쁜 일이 생길 거라고 생각하는 이유는 오랫동안 전해 내려오는 잘못된 미신 때문이다. 그래서 나쁜 일만 생기면 보름달과 연관을 짓기 때문에 많은 일들이 보름달이 뜨는 날에 일어났던 것으로 생각되는 것이다. 서양의 무서운 영화를 보라. 늘 보름달이 등장한다!

부록

실험실

1. 무 나물 키우기

2. 이구아나 기르기

3. 방울벌레 기르기

4. 요술풍선 강아지 만들기

5. 동전 마술

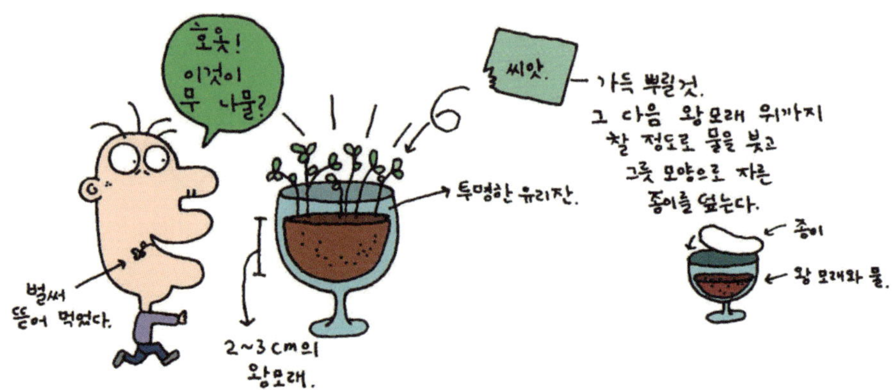

조그마한 무 씨가 싹이 터서 떡잎이 나왔을 때를 '무 나물'이라고 한다.
이 무 나물을 직접 키워 보자.

① 종묘상에 가서 무 나물을 키워서 먹을 거라고 말하자. 그러면 가게 주인이 적
  당한 것을 골라줄 것이다. 새 것일수록 싹이 잘 나오니까 씨가 오래되지 않았
  는지 날짜를 꼭 확인하도록!

② 무 나물을 키울 용기를 준비한다.
  무 나물이 싹트는 것을 잘 볼 수 있는 투명한 유리컵이나 샐러드용 그릇이 좋
  다.

③ 그릇 속에서 뿌리가 곧게 자랄 수 있도록 왕모래 같은 것을 넣어 주자.
왕모래 대신 여러 가지 빛깔의 작은 구슬을 넣어도 된다. 그러면 장식적인 효
과를 낼 수 있어서 좋다. 보기 좋은 무 나물이 먹기도 좋지 않을까?

④ 먼저 왕모래를 깨끗이 씻어서 그릇에 넣도록. 이때 왕모래의 높이는 2~3cm
정도가 되도록 한다. 그 위에 씨앗을 가득 뿌린 뒤 왕모래 위까지 찰 정도로
물을 붓고 그릇 모양으로 자른 종이를 덮는다. 그래야만 싹이 틀 때까지 물이
마르지 않는다. 여러분은 물 없이 살 수 있나? 무 나물도 마찬가지다.

⑤ 싹이 터서 뿌리가 자라면 덮은 종이를 벗겨 내자. 그리고 물을 바닥에서
1~2cm 정도 되도록 조절해서 뿌리만 물에 닿게 해주도록! 물을 너무 많이
부어 주면 무 나물이 익사할 수도 있으니까.

⑥ 보통 15~20℃ 정도의 실내에 두면 잘 자란다.

⑦ 무 싹이 수북히 자라나 키가 10센티미터가 넘으면 어떻게 할까? 뿌리 밑둥
을 잘라 윗부분을 먹으면 된다. 쌈 싸먹고, 무쳐 먹고, 먹고 싶은 대로 알아서
해먹도록!

① 이구아나 고르기

녹색 이구아나를 기르고 싶으면 애완용 동물 파는 곳에서 사온다. 상점에서 파는 이구아나는 보통 태어난 지 2개월 정도 된 어린 새끼다.

② 사육상자 꾸미기

- 뚜껑이 있는 투명한 유리상자나 플라스틱 어항 등을 이구아나 기르는 집으로 쓰면 좋다. 바깥에서도 이구아나의 모습을 볼 수 있기 때문이다. 이때 이구아나가 숨쉴 수 있는 틈을 뚫어 놓아야 한다.
- 사육상자 바닥에는 돌이나 대팻밥을 넣어 주거나 신문지를 깔아 준다. 대팻밥이나 신문지는 이구아나가 누는 오줌을 흡수하여 바닥이 젖는 것을 막아 주기 때문에 자주 청소해 주지 않아도 되는 장점이 있다.
- 상자 한쪽에 먹이 담을 그릇을 준비한다. 이구아나는 초식성으로 야채는 무엇이든 잘 먹는다. 깻잎, 호박, 파슬리 등을 좋아하지만 특히 배추를 좋아한다. 야채에는 수분이 많기 때문에 물그릇을 따로 넣어 주지 않아도 된다.

③ 목욕과 청소

- 이구아나는 사람처럼 체온이 일정하지 않고 주변 온도에 따라 몸의 온도가 변하는 동물이다. 여름에 너무 더운 곳에 두거나 추운 겨울에 바깥에 두면 아주 견디기 힘들어한다. 따라서 실내 온도가 적정하게 유지되는 거실이나 방에 두고 기르는 것이 좋다.

- 이구아나의 몸이 더러워지면 목욕을 시켜 준다. 목욕을 시킬 때는 몸을 완전
  히 물에 담그지 말고 상자에서 꺼내어 한 손에 올려놓는다. 그리고 분무기로
  물을 살짝 뿌려 준 뒤 쓰다듬듯이 솜으로 닦아 주면 된다.
- 사육상자는 일주일에 한 번씩 청소해 준다. 바닥에 깔아 놓은 대팻밥이나 신
  문지를 걷어내서 새로 깔아 주고 남은 먹이가 있으면 깨끗이 치워 준다.

④ 관찰하기

이구아나를 기르다 보면 몸에 너덜너덜하게 된 피부가 붙어 있는 것을 보게 될
것이다. 이때 그것이 지저분해 보인다고 해서 손으로 잡아 떼면 안 된다. 이것은
이구아나의 몸이 자라면서 딱딱한 껍질이 조금씩 벗겨지는 것이기 때문에 그대로
두는 것이 좋다.

이구아나는 5년 정도 자라면 몸길이가 처음의 2배 이상 되고 몸무게도 제법 무
거워진다. 보통 25년 정도 사는 것으로 알려져 있으므로 잘만 키우면 오랜 친구가
될 수 있다.

① 방울벌레는 어떻게 생겼을까?

방울벌레는 귀뚜라미와 아주 비슷하게 생겼다. 하지만 귀뚜라미보다 작아서 다 자라더라도 몸길이가 2센티미터가 넘지 않는다. 몸은 전체적으로 검은 갈색을 띠고 있는데 더듬이나 다리, 꽁무니 일부분이 하얗다.

② 방울벌레를 어디에서 찾을까?

방울벌레는 우거진 수풀 속에서 산다. 주변에 개울이 있거나 땅이 촉촉하게 젖은 곳이라면 발견하기가 더 쉽다. 늦여름부터 가을이 깊어질 때까지 이런 곳을 찾아보면 방울벌레를 만날 수 있다. 소리가 나는 곳으로 살금살금 다가가 잠자리채로 잡아서 병에 담아 집으로 가져오도록!

③ 집 꾸미기

- 어항처럼 투명한 그릇이라면 기르며 관찰하기 좋다.
- 방울벌레 집의 바닥에 흙이나 톱밥을 깔아 준다. 흙은 체로 쳐서 굵은 자갈을 버리고, 고운 흙만 종이에 고르게 펴서 햇빛에 바짝 말린 뒤 사용한다.
- 잘 말린 흙이나 톱밥을 5cm 정도의 깊이로 넣고 윗부분이 평평하게 되도록 손질한다. 그런 다음 물뿌리개로 흙이나 톱밥이 촉촉하게 젖도록 물을 뿌려 준다.
  주의사항 : 표면이 마르지 않도록 이틀에 한 번 정도 물을 뿌려 준다.
- 방울벌레는 주로 밤에 활동하는 곤충이므로 숨을 곳이 필요하다. 둥근 화분

조각이나 나무토막을 넣어 주어 어두운 곳을 마련해 주도록!

- 사육상자에 방울벌레를 넣고 윗부분을 그물망으로 덮어 준다. 방울벌레가 뛰어서 상자 밖으로 달아날 수도 있으니까.
- 집이 모두 완성되었으면 햇빛이 직접 비치지 않으면서 바람이 잘 통하는 곳에 두도록 한다.

④ 방울벌레의 먹이

방울벌레는 가지나 호박, 오이 같은 야채나 과일을 좋아한다. 먹이를 줄 때는 잘게 쪼갠 야채나 과일을 긴 이쑤시개에 꽂아서 세워주거나 그릇에 담아 준다. 먹이가 오래되면 곰팡이가 생겨 지저분해지므로 이틀에 한 번씩 새것으로 갈아 줄 것!

요술풍선 만들기에서 가장 기본이 되는 강아지 만들기!

동물 만들기의 약 80% 이상이 얼굴과 머리, 목과 앞다리, 몸과 뒷다리의 기본 순서로 만들어진다.

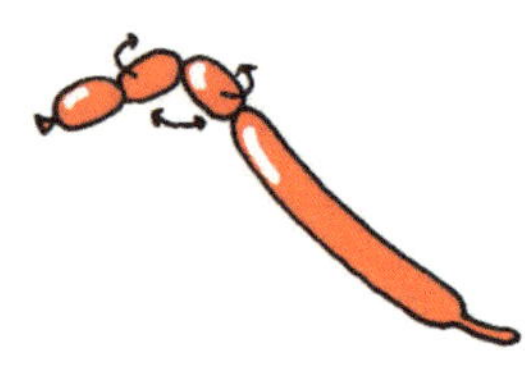

① 우선 2.5cm의 풍선 방울 3개를 만든다.

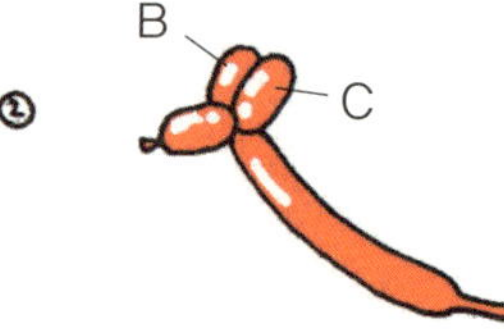

② 그런 다음 B와 C의 방울을 첫번째로 쌍방울 꼬기 하면 강아지의 얼굴과 머리가 된다. 쌍방울 꼬기만으로 강아지의 얼굴이 완성되는 것이다.

③ 다시 2.5cm의 방울 3개를 만든다.

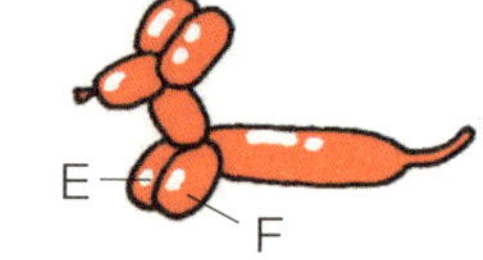

④ 그런 다음 E와 F의 방울을 두 번째로 쌍방울 꼬기 하면 목과 앞다리가 된다. 이제 강아지의 앞다리까지 완성된 것이다.

⑤ 다시 2.5cm의 방울 3개를 만든다.

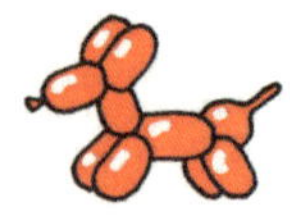

⑥ 그런 다음 H와 I 방울을 쌍방울 꼬기 하면 몸과 뒷
다리가 만들어진다. 이때 칼라유성매직으로 강아지
모양의 풍선에 강아지의 특징을 그려 넣는다. 그러
면 동물 만들기의 가장 기본이 되는 쌍방울 꼬기 강
아지 풍선이 완성된다.

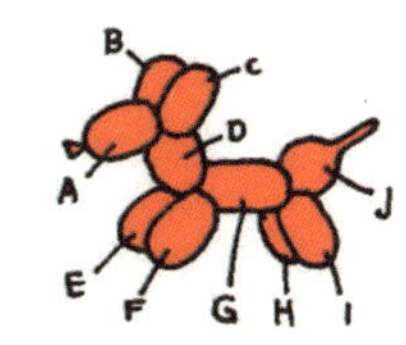

※ 주의사항 — 처음에 방울 만드는 것이 쉽게 되지 않을 것이다. 따라서 풍선을
가지고 방울의 크기를 똑같이 만드는 것부터 연습하는 게 좋다.
계속해서 많이 연습하다 보면 방울 만들기가 쉬워질 것이다.

1. 양손에 동전과 유리컵을 잡는다.

2. 종이를 둥그렇게 말아, 원기둥을 만들어 그림과 같이 컵을 감싸 덮는다.

3. 종이로 감싼 컵을 동전 위로 가져가 동전을 덮는다.

4. "수리수리 얍! 동전아 사라져라!" 하고 주문을 건다.

5. 감싼 컵을 들어올리면 컵 속에 있어야 할 동전이 감쪽같이 사라지고 없는 것을 확인할 수 있다. 이때 관객에게 유리컵을 감쌌던 종이 원기둥이 아무 이상이 없음을 확인시켜 준다.

6. 다시 종이 원기둥으로 컵을 감싼 뒤 "수리수리 얍! 얍! 얍!" 기합을 넣는다. 그런 다음 유리컵을 감싼 종이 원기둥을 들어 돌리면 다시 동전이 나타난다.

진실은 이렇다!

7. 동전이 놓일 색종이(바닥)와 똑같은 색종이를 그림처럼 유리컵 입 둘레 크기와 같게 오려낸다.

8. 유리컵 입 둘레에 풀칠을 해서 오려낸 색종이를 붙인다.

9. 동전이 놓일 색종이와 유리컵이 놓일 색종이를 확인한다.

※유의사항

1. 바닥에 놓일 색종이와 컵 둘레에 붙인 색종이는 반드시 무늬, 색상, 상태 등
   이 같아야 한다.

2. 컵 입 둘레에 붙인 색종이는 컵 입 밖으로 빠져 나와서는 안 된다.

3. 꼭 종이 원기둥을 사용할 필요는 없다. 종이 원기둥 대신 손수건 등을 이용해
   도 된다.

4. 아주 가까이에서도 관객은 컵에 붙인 색종이 밑에 동전이 있다는 사실을 알
   아차리기 어려울 것이다.

5. 처음 시작할 때는 색종이를 붙이지 않은 정상적인 컵을 보여 준다.

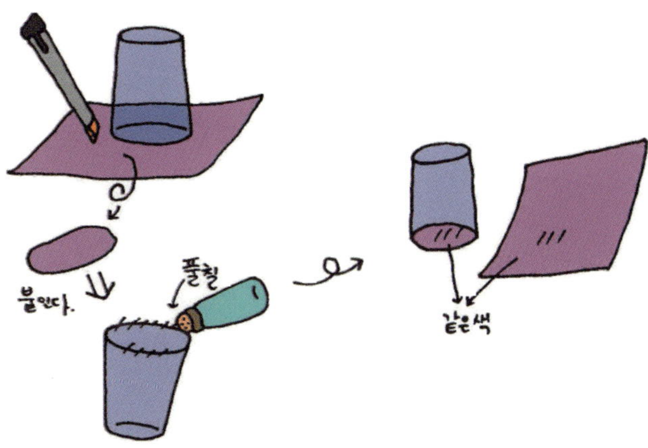